Klassische Schullektüre
Herausgeber: Ekkehart Mittelberg

Klassische und moderne Kurzgeschichten

Varianten – kreativer Umgang – Interpretationsmethoden

Texte und Materialien
bearbeitet von
Herbert Fuchs und Ekkehart Mittelberg

Cornelsen

Bildquellenverzeichnis: S. 7, 13, 22, 57: dpa, Frankfurt – S. 26, 43, 46, 66, 72: Karin Voigt, Mannheim – S. 35: Bildarchiv Preußischer Kulturbesitz, Berlin – S. 98: Suhrkamp/Gerda Goedhart, Frankfurt/Main

Umschlagentwurf: Matthias Mantey
Umschlagillustration: Grafische Werkstatt Fuhr/Wolf, Mainz
Technische Umsetzung: Enev Design & Consulting, Berlin

www.cornelsen.de

7. Auflage, 1. Druck 2007 / 06

Alle Drucke dieser Auflage sind inhaltlich unverändert und können im Unterricht nebeneinander verwendet werden.

Druck: CS-Druck CornelsenStürtz, Berlin

ISBN 978-3-454-52180-2

Inhalt gedruckt auf säurefreiem Papier aus nachhaltiger Forstwirtschaft.

VORWORT

Wir möchten mit diesem Heft ein möglichst breit gefächertes Angebot von Kurzgeschichten vorstellen. In diesem Sinne erscheinen im Titel des Heftes die plakativen Begriffe ‚klassische' und ‚moderne' Kurzgeschichten. Was damit gemeint ist, soll in gebotener Kürze erläutert werden. In Deutschland wurden nach dem Zweiten Weltkrieg zahlreiche Kurzgeschichten geschrieben und gelesen. Einige der damals verfassten Kurzgeschichten wurden mit Literaturpreisen bedacht und gelten als klassische Beispiele der Gattung. Andere Kurzgeschichten werden heute als klassisch im Sinne von pädagogisch und künstlerisch wertvoll betrachtet. Neben diesen klassischen Kurzgeschichten stehen andere, die sich in Form und Inhalt von den als klassisch bezeichneten auffällig abheben. Wir haben sie im Titel als modern bezeichnet.

Es gibt viele Sammlungen von Kurzgeschichten und es ist deshalb wichtig zu wissen, wodurch sich diese von anderen unterscheidet.

Dem von uns vorgeschlagenen Aufbau dieses Arbeitsbuches – es ist also auch eine andere Abfolge oder Auswahl denkbar – liegen folgende Überlegungen zugrunde:

I. Das erste Kapitel macht mit unterschiedlichen Varianten von Kurzgeschichten vertraut und vermittelt so einen ersten Begriff von der Vielfalt der Textsorte.

II. Das zweite Kapitel kommt in der Schulpraxis oft zu kurz. Es kann ein Schwerpunkt der Arbeit werden, setzt allerdings eine intensive Beschäftigung mit Kapitel I voraus. Mit ersten Vorstellungen von Form und Inhalt unterschiedlicher Kurzgeschichten ausgestattet, können Schüler eigene Entwürfe zu Kurzgeschichten erstellen.

III. Das dritte Kapitel „Viel gelesene Kurzgeschichten" macht besonders deutlich, was wir unter klassischen Kurzgeschichten verstehen. Es kann selbstverständlich bei Austausch einzelner Beispiele im Zusammenhang mit Kapitel I gelesen werden. Falls es im Anschluss an Kapitel II bearbeitet wird, kann an Einsichten aus den Gestaltungsversuchen angeknüpft werden.

IV. Zugegebenermaßen schwierig ist das vierte Kapitel. Wir wollten damit vor allem ein Angebot für Lerngruppen von gymnasialen Oberstufen machen, die sich die Wege bewusst machen möchten, wie sie aufgrund unserer Arbeitsanregungen zu Kapitel I und III Kurzgeschichten interpretiert (gedeutet) haben. Wir haben uns dabei auf zwei Methoden beschränkt, die in der Schule fast ausschließlich praktiziert werden (können).

V. Das fünfte Kapitel ist mit dem vierten eng verbunden und wendet sich ebenfalls vorwiegend an Schüler der Oberstufe. Es geht hier nicht nur darum, sich mit einer viel gelesenen Kurzgeschichte von Brecht kritisch auseinanderzusetzen, sondern die von den Interpreten eingeschlagenen Wege/Methoden sollen auch daraufhin überprüft werden, ob und inwieweit sie ihrem Gegenstand gerecht werden.

VI. Die von uns in eckige Klammern gesetzten Titel der kurzen Textauszüge weisen schon darauf hin, was mit der Überschrift des sechsten Kapitels gemeint ist. Verkürzt formuliert möchten wir mit diesem Kapitel erreichen, dass Schüler nicht nur einzelne Kurzgeschichten kennen und deuten können, sondern ein Bild davon gewinnen, wie komplex die gesamte Textsorte Kurzgeschichte ist und mit welchen gestalterischen Mitteln im Besonderen sie den Leser zum Nachdenken über diese Erzählform bringt.

VII. Das siebte Kapitel stellt eine praktische Hilfe für die Arbeit an den übrigen Kapiteln dar. Dazu konnte nicht auf die Verwendung fachsprachlicher Arbeitsbegriffe verzichtet werden. Wir haben uns bemüht, diese zum Teil schwierigen Begriffe verständlich zu erläutern, und haben, wo immer es sich anbot, Bezüge zu in diesem Heft abgedruckten Kurzgeschichten hergestellt.

Eckehart Mittelberg *Herbert Fuchs*

INHALT

I UNTERSCHIEDLICHE VARIANTEN VON KURZGESCHICHTEN

Anna Seghers Das Obdach

Anna Seghers (1900–1983) ist eine vielfach preisgekrönte (z.B. 1929: Kleist-Preis, 1947: Büchner-Preis, 1951 und 1959: DDR-Nationalpreis) und die in der Bundesrepublik wohl bekannteste Schriftstellerin der DDR. 1933 musste sie wegen ihrer antifaschistischen Erzählungen und Romane ins Exil nach Frankreich und von dort nach Mexiko fliehen, von wo aus sie für eine Vereinigung aller antifaschistischen Schriftsteller eintrat und in mehreren Romanen den Faschismus weiter bekämpfte. International berühmt wurde sie durch den 1942 veröffentlichten Roman „Das siebte Kreuz“, der die Flucht von sieben Häftlingen aus einem nationalsozialistischen Konzentrationslager darstellt, die aber nur einem von ihnen aufgrund der Solidarität von Menschen aus den verschiedensten gesellschaftlichen Schichten gelingt.

Nach dem Zusammenbruch des Nationalsozialismus lebte Anna Seghers in der DDR und stellte ihre weitere umfangreiche schriftstellerische Produktion unter die Frage: „Was muss geschehen, damit das Grauen nie mehr wiederkommt?“ Sie beantwortete die Frage durch eine genaue Darstellung von Geschehnissen, bei der sich die Dichterin zugleich als Geschichtsschreiberin fühlte.

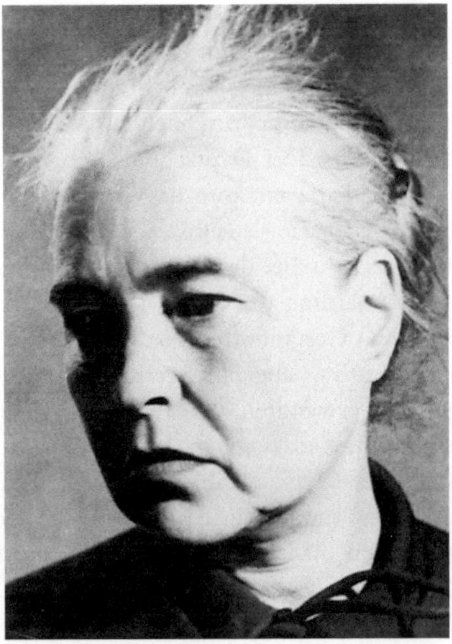

Die Erzählung „Das Obdach“ erschien in Heft 1 der Zeitschrift „Freies Deutschland“ in Mexiko (1941/42) und wurde 1963 in die Gesammelten Erzählungen aufgenommen.

An einem Morgen im September 1940, als auf der Place de la Concorde in Paris die größte Hakenkreuzfahne der deutsch besetzten Länder wehte und die Schlangen vor den Läden so lang wie die Straßen selbst waren, erfuhr eine gewisse Luise Meunier, Frau eines Drehers, Mutter von drei Kindern, dass man in einem Geschäft im XIV. Arrondissement[1] Eier kaufen könnte.

Sie machte sich rasch auf, stand eine Stunde Schlange, bekam fünf Eier, für jedes Familienmitglied eins. Dabei war ihr eingefallen, dass hier in derselben Stra-

1 *Arrondissement* (frz.): Bezirk; A. heißen auch die Verwaltungsbezirke von Paris und Lyon.

ße eine Schulfreundin lebte, Annette Villard, Hotelangestellte. Sie traf die Villard auch an, jedoch in einem für diese ruhige, ordentliche Person befremdlich erregten Zustand.

Die Villard erzählte, Fenster und Waschbecken scheuernd, wobei ihr die Meunier manchen Handgriff tat, dass gestern Mittag die Gestapo[1] einen Mieter verhaftet habe, der sich im Hotel als Elsässer eingetragen, jedoch, wie sich inzwischen herausgestellt hatte, aus einem deutschen Konzentrationslager vor einigen Jahren entflohen war. Der Mieter, erzählte die Villard, Scheiben reibend, sei in die Santé[2] gebracht worden, von dort aus würde er bald nach Deutschland abtransportiert werden und wahrscheinlich an die Wand gestellt. Doch was ihr weit näher gehe als der Mieter, denn schließlich Mann sei Mann, Krieg sei Krieg, das sei der Sohn des Mieters. Der Deutsche habe nämlich ein Kind, einen Knaben von zwölf Jahren, der habe mit ihm das Zimmer geteilt, sei hier in die Schule gegangen, rede französisch wie sie selbst, die Mutter sei tot, die Verhältnisse seien undurchsichtig wie meistens bei den Fremden. Der Knabe habe, heimkommend von der Schule, die Verhaftung des Vaters stumm, ohne Tränen, zur Kenntnis genommen. Doch von dem Gestapooffizier aufgefordert, sein Zeug zusammenzupacken, damit er am nächsten Tag abgeholt werden könne und nach Deutschland zurückgebracht zu seinen Verwandten, da habe er plötzlich laut erwidert, er schmisse sich eher unter ein Auto, als dass er in diese Familie zurückkehre. Der Gestapooffizier habe ihm scharf erwidert, es drehe sich nicht darum, zurück oder nicht zurück, sondern zu den Verwandten zurück oder in die Korrektionsanstalt. – Der Knabe habe Vertrauen zu ihr, Annette, er habe sie in der Nacht um Hilfe gebeten, sie habe ihn auch frühmorgens weg in ein kleines Café gebracht, dessen Wirt ihr Freund sei. Da sitze er nun und warte. Sie habe geglaubt, es sei leicht, den Knaben unterzubringen, doch bisher habe sie immer nur ein Nein gehört, die Furcht sei zu groß. Die eigene Wirtin fürchte sich sehr vor den Deutschen und sei erbost über die Flucht des Knaben.

Die Meunier hatte sich alles schweigend angehört; erst als sie fertig war, sagte sie: „Ich möchte gern einmal einen solchen Knaben sehen.“ Worauf ihr die Villard das Café nannte und noch hinzufügte: „Du fürchtest dich doch nicht etwa dem Jungen Wäsche zu bringen?“

Der Wirt des Cafés, bei dem sie sich durch einen Zettel der Villard auswies, führte sie in sein morgens geschlossenes Billardzimmer. Da saß der Knabe und sah in den Hof. Der Knabe war so groß wie ihr ältester Sohn, er war auch ähnlich gekleidet, seine Augen waren grau, in seinen Zügen war nichts Besonderes, was ihn als den Sohn eines Fremden stempelte. Die Meunier erklärte, sie brächte ihm Wäsche. Er dankte nicht, er sah ihr nur plötzlich scharf ins Gesicht. Die Meunier war bisher eine Mutter gewesen wie alle Mütter: Schlange stehen, aus nichts etwas,

1 *Gestapo*: geheime Staatspolizei der Nationalsozialisten
2 *Santé*: Gefängnis in Paris

aus etwas viel machen, Heimarbeit zu der Hausarbeit übernehmen, das alles war selbstverständlich. Jetzt, unter dem Blick des Jungen, wuchs mit gewaltigem Maß das Selbstverständliche und mit dem Maß ihre Kraft. Sie sagte: „Sei heute Abend um sieben im Café Biard an den Hallen."

Sie machte sich eilig heim. Um weniges ansehnlich auf den Tisch zu bringen, braucht es lange Küche. Ihr Mann war schon da. Er hatte ein Kriegsjahr in der Maginotlinie[1] gelegen, er war seit drei Wochen demobilisiert[2], vor einer Woche hatte sein Betrieb wieder aufgemacht, er war auf Halbtagsarbeit gesetzt, er verbrachte den größten Teil der Freizeit in der Wirtschaft, dann kam er wütend über sich selbst heim, weil er von den wenigen Sous[3] noch welche in der Wirtschaft gelassen hatte. Die Frau, zu bewegt, um auf seine Miene zu achten, begann zugleich mit dem Eierschlagen ihren Bericht, der bei dem Mann vorbauen sollte. Doch wie sie auf dem Punkt angelangt war, der fremde Knabe sei aus dem Hotel gelaufen, er suche in Paris Schutz vor den Deutschen, unterbrach er sie folgendermaßen: „Deine Freundin Annette hat wirklich sehr dumm getan, einen solchen Unsinn zu unterstützen. Ich hätte an ihrer Stelle den Jungen eingesperrt. Der Deutsche soll selbst sehn, wie er mit seinen Landsleuten fertig wird … Er hat selbst nicht für sein Kind gesorgt. Der Offizier hat also auch Recht, wenn er das Kind nach Haus schickt. Der Hitler hat nun einmal die Welt besetzt, da nützen keine Phrasen was dagegen." Worauf die Frau schlau genug war rasch etwas anderes zu erzählen. In ihrem Herzen sah sie zum ersten Mal klar, was aus dem Mann geworden war, der früher bei jedem Streik, bei jeder Demonstration mitgemacht hatte und sich am 14. Juli stets so betragen, als wollte er ganz allein die Bastille[4] noch einmal stürmen. Er glich aber jenem Riesen Christophorus in dem Märchen – ihm gleichen viele –, der immer zu dem übergeht, der ihm am stärksten scheint und sich als stärker erweist als sein jeweiliger Herr, sodass er zuletzt beim Teufel endet. Doch weder in der Natur der Frau noch in ihrem ausgefüllten Tag war Raum zum Trauern. Der Mann war nun einmal ihr Mann, sie war nun einmal die Frau, da war nun einmal der fremde Junge, der jetzt auf sie wartete. Sie lief daher abends in das Café bei den Hallen und sagte zu dem Kind: „Ich kann dich erst morgen zu mir nehmen." Der Knabe sah sie wieder scharf an, er sagte: „Sie brauchen mich nicht zu nehmen, wenn Sie Angst haben." Die Frau erwiderte trocken, es handle sich nur darum, einen Tag zu warten. Sie bat die Wirtin, das Kind eine Nacht zu behalten, es sei mit ihr verwandt. An dieser Bitte war nichts Besonderes, da Paris von Flüchtlingen wimmelte.

1 *Maginotlinie*: eine tiefe Befestigungszone entlang der französischen Ostgrenze (1929–36), benannt nach dem frz. Minister Maginot

2 *demobilisiert*: ausgemustert

3 *Sou* (frz.; von lat. solidus): Geldmünze; 20 Sous = 1 Franc

4 *Bastille*: Staatsgefängnis in Paris. Zu Beginn der französischen Revolution 1789 wurde sie als Sinnbild der königlichen Tyrannei von den Revolutionären zerstört.

Am nächsten Tag erklärte sie ihrem Mann: „Ich habe meine Kusine Alice getroffen, ihr Mann ist in Pithiviers im Gefangenenlazarett, sie will ihn ein paar Tage besuchen. Sie hat mich gebeten ihr Kind so lange aufzunehmen." Der Mann, der Fremde in seinen vier Wänden nicht leiden konnte, erwiderte: „Dass ja kein Dauerzustand daraus wird." Sie richtete also für den Knaben eine Matratze. Sie hatte ihn unterwegs gefragt: „Warum willst du eigentlich nicht zurück?" Er hatte geantwortet: „Sie können mich immer noch hier lassen, wenn Sie Angst haben. Zu meinen Verwandten werde ich doch nicht gehen. Meine Mutter und mein Vater wurden beide von Hitler verhaftet. Sie schrieben und druckten und verteilten Flugblätter. Meine Mutter starb. Sie sehen, mir fehlt ein Vorderzahn. Den hat man mir dort in der Schule ausgeschlagen, weil ich ihr Lied nicht mitsingen wollte. Auch meine Verwandten waren Nazis. Die quälten mich am meisten. Die beschimpften Vater und Mutter." Die Frau hatte ihn nur darauf gebeten zu schweigen, dem Mann gegenüber, den Kindern, den Nachbarn.

Die Kinder konnten den fremden Knaben weder gut noch schlecht leiden. Er hielt sich abseits und lachte nicht. Der Mann konnte den Knaben sofort nicht leiden; er sagte, der Blick des Knaben missfalle ihm. Er schalt seine Frau, die von der eigenen Ration dem Knaben abgab, er schalt auch die Kusine, es sei eine Zumutung, anderen Kinder aufzuladen. Und solche Klagen pflegten bei ihm in Belehrungen überzugehen, der Krieg sei nun einmal verloren, die Deutschen hätten nun einmal das Land besetzt, die hätten aber Disziplin, die verstünden sich auf Ordnung. Als einmal der Junge die Milchkanne umstieß, sprang er los und schlug ihn. Die Frau wollte später den Jungen trösten, der aber sagte: „Noch besser hier als dort."

„Ich möchte", sagte der Mann, „einmal wieder ein richtiges Stück Käse zum Nachtisch haben." Am Abend kam er ganz aufgeregt heim. „Stell dir vor, was ich gesehen habe. Ein riesiges deutsches Lastauto, ganz voll mit Käse. Die kaufen, was sie Lust haben. Die drucken Millionen und geben sie aus."

Nach zwei, drei Wochen begab sich die Meunier zu ihrer Freundin Annette. Die war über den Besuch nicht erfreut, bedeutete ihr, sich in diesem Stadtviertel nicht mehr blicken zu lassen, die Gestapo hätte geflucht, gedroht. Sie hätte sogar herausbekommen, in welchem Café der Knabe gewartet habe, auch dass ihn dort eine Frau besuchte, dass beide den Ort zu verschiedenen Zeiten verließen. – Auf ihrem Heimweg bedachte die Meunier noch einmal die Gefahr, in die sie sich und die Ihren brachte. Wie lange sie auch erwog, was sie ohne Erwägen in einem raschen Gefühl getan hatte, der Heimweg selbst bestätigte ihren Entschluss: die Schlangen vor den offenen Geschäften, die Läden vor den geschlossenen, das Hupen der deutschen Autos, die über die Boulevards sausten, und über den Toren die Hakenkreuze. Sodass sie bei ihrem Eintritt in ihre Küche dem fremden Knaben in einem zweiten Willkomm übers Haar strich.

Der Mann aber fuhr sie an, sie hätte an diesem Kind einen Narren gefressen. Er selber ließ seine Mürrischkeit, da die eigenen Kinder ihn dauerten – alle Hoffnungen hatten sich plötzlich in eine klägliche Aussicht verwandelt auf eine trübe, unfreie Zukunft –, an dem fremden aus. Da der Knabe zu vorsichtig war und zu schweigsam, um einen Anlass zu geben, schlug er ihn ohne solchen, indem er behauptete, der Blick des Knaben sei frech. Er selber war um sein letztes Vergnügen gebracht worden. Er hatte noch immer den größten Teil seiner freien Zeit in der Wirtschaft verbracht, was ihn etwas erleichtert hatte. Jetzt war einem Schmied am Ende der Gasse die Schmiede von den Deutschen beschlagnahmt worden.

Die Gasse, bisher recht still und hakenkreuzfrei, fing plötzlich von deutschen Monteuren zu wimmeln an. Es stauten sich deutsche Wagen, die repariert werden sollten, und Nazisoldaten besetzten die Wirtschaft und fühlten sich dort daheim. Der Mann der Meunier konnte den Anblick nicht ertragen. Oft fand ihn die Frau stumm vor dem Küchentisch. Sie fragte ihn einmal, als er fast eine Stunde reglos gesessen hatte, den Kopf auf den Armen, mit offenen Augen, woran er wohl eben gedacht habe. „An nichts und an alles. Und außerdem noch an etwas ganz Abgelegenes. Ich habe soeben, stell dir vor, an diesen Deutschen gedacht, von dem dir deine Freundin Annette erzählt hat, ich weiß nicht, ob du dich noch erinnerst, der Deutsche, der gegen Hitler war, der Deutsche, den die Deutschen verhafteten. Ich möchte wohl wissen, was aus ihm geworden ist. Aus ihm und seinem Sohn." Die Meunier erwiderte: „Ich habe kürzlich die Villard getroffen. Sie haben damals den Deutschen in die Santé gebracht. Er ist inzwischen vielleicht schon erschlagen worden. Das Kind ist verschwunden. Paris ist groß. Es wird sich ein Obdach gefunden haben."

Da niemand gern zwischen Nazisoldaten sein Glas austrank, zog man oft mit ein paar Flaschen in Meuniers Küche, was ihnen früher ungewohnt gewesen wäre und beinah zuwider. Die meisten waren Meuniers Arbeitskollegen aus demselben Betrieb, man sprach freiweg. Der Chef in dem Betrieb hatte sein Büro dem deutschen Kommissar eingeräumt. Der ging und kam nach Belieben. Die deutschen Sachverständigen prüften, wogen, nahmen ab. Man gab sich nicht einmal mehr Mühe, in den Büros der Verwaltung geheim zu halten, für wen geschuftet wurde. Die Fertigteile aus dem zusammengeraubten Metall wurden nach dem Osten geschickt, um anderen Völkern die Gurgel abzudrehen. Das war das Ende vom Lied, verkürzte Arbeitszeit, verkürzter Arbeitslohn, Zwangstransporte. Die Meunier ließ ihre Läden herunter, man dämpfte die Stimmen. Der fremde Junge senkte die Augen, als fürchte er selbst, sein Blick sei so scharf, dass er sein Herz verraten könnte. Er war so bleich, so hager geworden, dass ihn der Meunier mürrisch betrachtete und die Furcht äußerte, er möge von einer Krankheit befallen sein und die eigenen Kinder noch anstecken. Die Meunier hatte an sich selbst einen Brief geschrieben, in dem die Kusine bat den Knaben noch zu behalten, ihr Mann sei schwer krank, sie ziehe vor, sich für eine Weile in seiner Nähe einzumieten. – „Die macht sich's bequem mit ihrem Bengel", sagte der Mann. Die Meunier lobte eilig den Jungen, er sei sehr anstellig, er ginge schon jeden Morgen um vier Uhr in die Hallen, zum Beispiel hätte er heute dieses Stück Rindfleisch ohne Karten ergattert.

Auf dem gleichen Hof mit den Meuniers wohnten zwei Schwestern, die waren immer recht übel gewesen, jetzt gingen sie gern in die Wirtschaft hinüber und hockten auf den Knien der deutschen Monteure. Der Polizist sah sich's an, dann nahm er die beiden Schwestern mit aufs Revier, sie heulten und sträubten sich, er ließ sie in die Kontrollliste eintragen. Die ganze Gasse freute sich sehr darüber, doch leider wurden die Schwestern jetzt noch viel übler, die deutschen Monteure gingen bei ihnen jetzt aus und ein, sie machten den Hof zu dem ihren, man hörte den Lärm in Meuniers Küche. Dem Meunier und seinen Gästen war es längst nicht mehr zum Lachen, der Meunier lobte jetzt nicht mehr die deutsche Ordnung, mit feiner, gewissenhafter, gründlicher Ordnung war ihm das Leben zerstört worden, im Betrieb und daheim, seine kleinen und großen Freuden, sein Wohlstand, seine Ehre, seine Ruhe, seine Nahrung, seine Luft.

Eines Tages fand sich der Meunier allein mit seiner Frau. Nach langem Schweigen brach es aus ihm heraus, er rief: „Sie haben die Macht, was willst du! Wie stark ist dieser Teufel! Wenn es nur auf der Welt einen gäbe, der stärker wäre als er! Wir aber, wir sind ohnmächtig. Wir machen den Mund auf und sie schlagen uns tot. Aber der Deutsche, von dem dir einmal deine Annette erzählt hat, du hast ihn vielleicht vergessen, ich nicht. Er hat immerhin was riskiert. Und sein Sohn, alle Achtung! Deine Kusine mag sich selbst aus dem Dreck helfen mit ihrem Bengel. Das macht mich nicht warm. Den Sohn dieses Deutschen, den würde ich aufnehmen, der könnte mich warm machen. Ich würde ihn höher halten als meine eigenen Söhne, ich würde ihn besser füttern. Einen solchen Knaben bei sich zu beherbergen, und diese Banditen gehen aus und ein und ahnen nicht, was ich wage und was ich für einer bin und wen ich versteckt habe! Ich würde mit offenen Armen einen solchen Jungen aufnehmen." Die Frau drehte sich weg und sagte: „Du hast ihn bereits aufgenommen."

Ich habe diese Geschichte erzählen hören in meinem Hotel im XIV. Arrondissement von jener Annette, die dort ihren Dienst genommen hatte, weil es ihr auf der alten Stelle nicht mehr geheuer war.

Ernest Hemingway Die Killer

Ernest Hemingway (1899–1961) ist einer der bekanntesten und einflussreichsten amerikanischen Schriftsteller in der ersten Hälfte des 20. Jahrhunderts, der auch die Entwicklung der deutschen Nachkriegskurzgeschichte mit prägte. Hemingway erhielt 1954 „für seine kraftvolle Meisterschaft des Wortes" in der Erzählung „Der alte Mann und das Meer" (1952) den Nobelpreis. Von seinen Romanen sind „Fiesta" (1928), „In einem andern Land" (1930) und „Wem die Stunde schlägt" (1941) besonders bekannt geworden.

Die Kurzgeschichte „Die Killer" (1927) ist in dem 1929 erschienenen Band „Männer ohne Frauen" veröffentlicht und Bestandteil der ins Deutsche übertragenen „49 Stories" (1950). Charakteristische Merkmale seiner Kurzgeschichten sind der einsame Held in einer Krisensituation, der Verzicht auf eine direkte Charakterisierung der Helden sowie die unpathetische Umgangssprache in Dialogform.

Die Tür von Henry's Esslokal öffnete sich und zwei Männer kamen herein. Sie setzten sich an die Theke.

„Was bekommen Sie?", fragte sie George.

„Ich weiß nicht", sagte der eine Mann. „Was willst du essen, Al?"

„Ich weiß nicht", sagte Al. „Ich weiß nicht, was ich essen will."

Draußen wurde es dunkel. Die Straßenbeleuchtung vor dem Fenster ging an. Die beiden Männer an der Theke lasen die Speisekarte. Nick Adams beobachtete sie vom andern Ende der Theke her. Als sie hereinkamen, hatte er sich mit George unterhalten.

„Ich nehme gebratene Schweinslende mit Apfelmus und Kartoffelbrei", sagte der erste Mann.

„Das ist noch nicht fertig."

„Verflucht noch mal, wozu schreibt ihr's auf die Karte?"

„Das ist das Abendessen", erklärte George. „Das können Sie um sechs Uhr haben."

George sah auf die Uhr hinter der Theke. „Es ist fünf Uhr."

„Die Uhr zeigt zwanzig Minuten nach fünf", sagte der zweite Mann.

„Sie geht zwanzig Minuten vor."

„Zum Teufel mit der Uhr", sagte der erste Mann. „Was habt ihr zu essen?"

„Ich kann Ihnen jede Sorte von belegten Broten geben", sagte George. „Sie können Eier mit Schinken, Eier mit Speck, Leber mit Speck oder ein Steak haben."

„Geben Sie mir Hühnerkroketts mit grünen Erbsen und Sahnensauce und Kartoffelbrei."

„Das ist das Abendessen."

„Alles, was wir wollen, ist das Abendessen, was? Das ist ja 'n feiner Betrieb."

„Ich kann Ihnen Eier mit Schinken, Eier mit Speck, Leber ..."

„Ich werde Eier mit Schinken essen", sagte der Mann, der Al hieß. Er trug eine Melone und einen schwarzen, über der Brust zugeknöpften Überzieher. Sein Gesicht war klein und weiß und er hatte schmale Lippen. Er trug ein seidenes Halstuch und Handschuhe.

„Geben Sie mir Eier mit Speck", sagte der andere Mann. Er war ungefähr ebenso groß wie Al. Ihre Gesichter waren verschieden, aber sie waren wie Zwillinge angezogen. Beide trugen Mäntel, die ihnen zu eng waren. Sie saßen vornübergelehnt da, mit den Ellbogen auf der Theke.

„Gibt's was zu trinken?", fragte Al.

„Apfelwein, Limonade und Ginger Ale[1]", sagte George.

„Ich meine, ob es hier was zu *trinken* gibt?"

„Nur das, was ich gesagt habe."

„Dies ist eine tolle Stadt", sagte der andere. „Wie heißt sie denn?"

„Summit[2]."

„Je von gehört?", fragte Al seinen Freund.

„Nein", sagte sein Freund.

„Was macht man hier abends?", fragte Al.

„Man isst das Abendessen", sagte sein Freund. „Alle kommen her und essen das fabelhafte Abendessen."

„Das ist richtig", sagte George.

„So, du findest also, dass das richtig ist?", fragte Al George.

„Sicher."

„Du bist ein ganz heller Junge, was?"

„Sicher", sagte George.

„Na, das bist du nicht", sagte der andere kleine Mann. „Nicht wahr, Al?"

„Er ist dämlich", sagte Al. Er wandte sich an Nick. „Wie heißt du denn?"

„Adams."

„Noch ein heller Junge", sagte Al. „Was, Max, ist er nicht ein heller Junge?"

„Die Stadt wimmelt nur so von hellen Jungens", sagte Max.

George setzt die zwei Platten, die eine mit Eiern und Schinken und die andere mit Eiern und Speck, auf die Theke. Er stellte zwei kleine Schüsseln mit Bratkartoffeln daneben und schloss den Schalter nach der Küche.

1 *Ginger Ale*: alkoholfreies Bier
2 *Summit* (engl.): Gipfel, Höhepunkt

„Welches ist Ihr's?", fragte er Al.

„Kannst dich nicht erinnern?"

„Eier mit Schinken."

„'n richtig heller Junge", sagte Max. Er beugte sich vor und nahm seine Eier mit Schinken. Beide Männer aßen mit Handschuhen an. George beobachtete sie beim Essen.

„Was glotzt *du* denn an?" Max sah George an.

„Gar nichts."

„Zum Teufel noch mal. Du hast mich angeglotzt."

„Vielleicht tat's der Junge aus Jux, Max", sagte Al.

George lachte.

„*Du* brauchst nicht zu lachen", sagte Max zu ihm. „*Du* brauchst ganz und gar nicht zu lachen, verstehste?"

„In Ordnung", sagte George.

„So, er findet, dass das in Ordnung ist." Max wandte sich an Al. „Er findet alles in Ordnung. Das ist ausgezeichnet."

„Der ist 'n Philosoph", sagte Al. Sie aßen weiter.

„Wie heißt denn der helle Junge da hinten an der Theke?", fragte Al Max.

„He, heller Junge", sagte Max zu Nick, „du, geh mal mit deinem Busenfreund da hinter die Theke."

„Was soll denn das Ganze?", fragte Nick.

„Soll gar nichts."

„Geh lieber, heller Junge", sagte Al. Nick ging hinter die Theke.

„Was soll denn das Ganze?", fragte George.

„Geht dich 'n Dreck an", sagte Al. „Wer ist draußen in der Küche?"

„Der Nigger."

„Was soll das heißen, der Nigger?"

„Der Nigger, wo kocht."

„Sag ihm, er soll reinkommen."

„Was soll denn das?

„Sag ihm, er soll reinkommen."

„Wo glaubst du denn, dass du bist?"

„Wir wissen verflucht genau, wo wir sind", sagte der Mann, der Max hieß. „Sehen wir dämlich aus?"

„Du red'st dämlich", sagte Al zu ihm. „Zum Teufel noch mal, was stellst du dich denn mit dem Bengel hin? Hör mal", sagte er zu George. „Sag dem Nigger, er soll reinkommen."

„Was wollt ihr denn mit ihm machen?"

„Nichts. Brauch doch deinen Verstand, heller Junge. Was sollen wir schon mit 'nem Nigger machen?"

George öffnete die Klappe, die in die Küche ging, und rief: „Sam, komm mal einen Moment rein."

Die Küchentür öffnete sich und der Nigger kam herein. „Was ist denn?“, fragte er. Die beiden Männer an der Theke musterten ihn.

„Gut, Nigger, bleib du mal da stehen“, sagte Al.

Sam, der Nigger, stand in seiner Schürze da und sah die beiden Männer an, die an der Theke saßen. „Jawohl, mein Herr“, sagte er. Al stieg von seinem Hocker herunter.

„Ich gehe mit dem Nigger und dem hellen Jungen in die Küche“, sagte er. „Los, zurück in deine Küche, Nigger. Heller Junge, du kommst mit.“ Der kleine Mann ging hinter Nick und Sam, dem Koch, hinaus in die Küche. Die Tür schloss sich hinter ihnen. Der Mann, der Max hieß, saß George am andern Ende der Theke gegenüber. Er sah George nicht an, sondern sah in den Spiegel, der hinter der Theke entlanglief. Man hatte Henry's aus einer Bar zu einem Esslokal gemacht.

„Na, heller Junge“, sagte Max, während er in den Spiegel blickte. „Warum sagst du nicht was?

„Worum dreht sich denn das Ganze?“

„He, Al“, rief Max. „Der helle Junge möchte gern wissen, worum sich das Ganze dreht.“

„Warum erzählst du's ihm nicht?“, kam Als Stimme aus der Küche.

„Was glaubst du denn, worum sich das Ganze dreht?“

„Ich weiß nicht.“

„Was glaubst du denn?“

Max sah die ganze Zeit über, während er sprach, in den Spiegel.

„Das sag ich nicht.“

„He, Al, der helle Junge sagt, er will nicht sagen, worum sich seiner Meinung nach das Ganze dreht.“

„Ich kann genau hören, was ihr sagt“, sagte Al aus der Küche. Er hielt die Klappe, durch die die Schüsseln in die Küche geschoben wurden, mit einer dazwischengeklemmten Catchupflasche[1] offen. „Hör mal, heller Junge“, sagte er aus der Küche zu George. „Stell dich mal da an der Theke ein bisschen weiter unten hin. Und du 'n bisschen mehr nach links, Max.“ Er war wie ein Fotograf, der eine Gruppenaufnahme stellt.

„Erzähl mir was, heller Junge“, sagte Max. „Was glaubst du denn, was passieren wird?“

George sagte nichts.

„Ich werd's dir sagen“, sagte Max. „Wir wollen einen Schweden killen. Kennst du einen großen Schweden, der Ole Andreson heißt?“

„Ja.“

„Der kommt hier jeden Abend zum Essen her, nicht wahr?“

„Er kommt manchmal.“

„Er kommt so um sechs, nicht wahr?“

1 *Catchupflasche*: Ketchup = Tomatensoße

„Wenn er kommt."

„Das wissen wir alles, heller Junge", sagte Max. „Reden wir von was anderem. Gehste oft ins Kino?"

„Hin und wieder."

„Solltest häufiger ins Kino gehen. Für einen hellen Jungen wie dich ist Kino das Wahre."

„Warum wollt ihr Ole Andreson killen? Was hat er euch denn getan?"

„Hat nie Gelegenheit gehabt, uns was zu tun. Noch nicht mal gesehen hat er uns."

„Und er wird uns nur einmal sehen", sagte Al aus der Küche.

„Warum wollt ihr ihn denn killen?", fragte George.

„Wir killen ihn für einen Freund. Nur um einem Freund einen Gefallen zu tun, heller Junge."

„Halt den Mund", sagte Al aus der Küche. „Du redest zu viel, verflucht noch mal."

„Na, ich muss doch den hellen Jungen bei Laune halten. Muss ich doch, was, heller Junge?"

„Du redest zu viel, verflucht noch mal", sagte Al. „Der Nigger und mein heller Junge halten sich allein bei Laune. Ich hab sie wie zwei Freundinnen in der Klosterschule aneinandergebunden."

„Nehme an, du warst in 'nem Kloster?" – „Kannste nie wissen."

„Du warst in 'nem koschern[1] Kloster. Natürlich! Da warst du."

George sah auf die Uhr.

„Wenn jemand reinkommt, sagst du ihm, dass der Koch Ausgang hat. Und wenn einer nicht lockerlässt, sag ihm, dass du rausgehen und selber kochen wirst. Hast du das verstanden, heller Junge?"

„Gut", sagte George. „Was habt ihr denn nachher mit uns vor?"

„Das kommt drauf an", sagte Max. „Das ist eine von den Sachen, die man niemals vorher weiß."

George sah auf die Uhr. Es war ein Viertel nach sechs. Die Tür zur Straße öffnete sich. Ein Omnibuschauffeur kam herein.

„Tag, George", sagte er. „Kann ich Abendbrot kriegen?"

„Sam ist aus", sagte George. „Er ist ungefähr in einer halben Stunde zurück."

„Dann geh ich lieber die Straße rauf woandershin", sagte der Chauffeur. George sah auf die Uhr. Es war zwanzig nach sechs.

„So war's recht, heller Junge", sagte Max. „Du bist ein richtiger Gentleman."

„Er wusste, dass ich ihm 'ne Kugel durch den Kopf gejagt hätte", sagte Al aus der Küche.

„Nein", sagte Max. „Das war's nicht. Der helle Junge ist nett. Er ist ein netter Junge. Der gefällt mir."

1 *koscher* (hebr. kascher): rein, einwandfrei

Um sechs Uhr fünfundfünzig sagte George: „Er kommt nicht."

Noch zwei Leute waren in das Lokal gekommen. Einmal war George in die Küche hinausgegangen, um für einen Mann ein Schinken- und Eier-Sandwich zum Mitnehmen zu machen. In der Küche sah er Al, mit seiner Melone in den Nacken geschoben, auf einem Schemel neben dem Schiebefenster sitzend, mit dem Lauf seiner abgesägten Flinte auf der Holzleiste. Nick und der Koch standen Rücken an Rücken in einer Ecke, jeder mit einem Knebel im Mund. George hatte das Sandwich gemacht, in Butterbrotpapier gewickelt, in eine Tüte gesteckt und brachte es herein. Der Mann hatte bezahlt und war weggegangen.

„Der helle Junge kann auch alles!", sagte Max. „Kochen kann er und alles. Du würdest für manches Mädchen 'ne gute Frau abgeben, heller Junge."

„So?", sagte George. „Euer Freund Ole Andreson kommt heute nicht."

„Wir werden ihm noch zehn Minuten Zeit lassen", sagte Max.

Max beobachtete den Spiegel und die Uhr. Die Zeiger der Uhr standen auf sieben und dann auf fünf Minuten nach sieben.

„Komm, Al", sagte Max. „Wir wollen lieber gehen. Der kommt nicht."

„Wir wollen ihm noch fünf Minuten geben", sagte Al aus der Küche.

Während der fünf Minuten kam ein Mann herein und George setzte ihm auseinander, dass der Koch krank sei.

„Zum Teufel noch mal, warum besorgt ihr euch denn nicht einen anderen Koch?", sagte der Mann. „Habt ihr denn kein Esslokal?" Er ging hinaus.

„Also los, Al", sagte Max.

„Und was machen wir mit den beiden hellen Jungens und dem Nigger?"

„Die sind stieke[1]."

„Glaubst du?"

„Sicher. Damit wär'n wir fertig."

„Das gefällt mir nicht", sagte Al. „Das ist keine Sache nicht. Du red'st zu viel."

„Zum Teufel noch mal, was denn!", sagte Max. „Wir müssen uns doch bei Laune halten, was?"

„In jedem Fall red'st du zu viel", sagte Al. Er kam aus der Küche heraus. Die abgeschnittenen Läufe seiner Flinte bildeten unter der Taille seines zu eng anliegenden Überziehers einen kleinen Wulst. Er zog den Mantel mit seinen behandschuhten Händen glatt.

„Wiedersehen, heller Junge", sagte er zu George. „Du hast Schwein."

„Das ist wahr", sagte Max. „Du solltest beim Rennen wetten, heller Junge."

Die beiden gingen zur Tür hinaus. George beobachtete durch das Fenster, wie sie unter der Bogenlampe gingen und dann die Straße überquerten. Mit ihren engen Überziehern und Melonen sahen sie wie eine Varieténummer aus. George ging durch die Pendeltür hinten in die Küche und band Nick und den Koch los.

„Davon hab ich genug", sagte Sam, der Koch. „Davon hab ich genug."

1 *stieke* (rotwelsch): still, leise, vorsichtig

Nick reckte sich. Er hatte noch nie zuvor einen Knebel im Mund gehabt.

„Na, so was!“, sagte er. „Zum Teufel noch mal!“ Er suchte mit Schwadronieren darüber wegzukommen.

„Sie wollten Ole Andreson killen“, sagte George. „Sie wollten ihn erschießen, wenn er zum Essen kommt.“

„Ole Andreson?“

„Sicher.“

Der Koch befühlte mit dem Daumen seine Mundwinkel.

„Sind alle weg?“, fragte er.

„Tja“, sagte George. „Jetzt sind sie weg.“

„Das gefällt mir nicht“, sagte der Koch. „Das gefällt mir ganz und gar nicht.“

„Hör mal“, sagte George zu Nick. „Du solltest lieber zu Ole Andreson gehen.“

„Schön.“

„Sie sollten sich lieber nicht in die Geschichte einmischen“, sagte Sam, der Koch. „Am besten, Sie haben nichts damit zu tun.“

„Geh nicht, wenn du nicht willst“, sagte George.

„Lassen Sie die Finger davon. Das führt zu nichts“, sagte der Koch. „Besser, Sie haben nichts damit zu tun.“

„Ich werd zu ihm gehen“, sagte Nick zu George. „Wo wohnt er?“

Der Koch wandte sich ab.

„Kleine Jungen wissen immer, was sie tun wollen“, sagte er.

„Er wohnt im Hirsch’schen Logierhaus“, sagte George zu Nick.

„Ich werd hingehen.“

Draußen schien das Bogenlicht durch die kahlen Zweige eines Baumes. Nick ging die Straße hinauf an den Trambahnschienen entlang und bog dann bei der nächsten Bogenlampe in eine Querstraße ein. Das dritte Haus die Straße rauf war Hirschs Logierhaus. Nick ging die zwei Stufen hinauf und klingelte. Eine Frau kam an die Tür.

„Wohnt hier Ole Andreson?“

„Wollen Sie ihn sprechen?“

„Ja, wenn er zu Hause ist.“

Nick folgte der Frau die Treppe hinauf und einen Korridor entlang. Sie klopfte an eine Tür.

„Wer ist da?“

„Jemand, der Sie sprechen will, Mr. Andreson“, sagte die Frau.

„Ich bin’s, Nick Adams.“

„Komm rein.“

Nick öffnete die Tür und ging ins Zimmer. Ole Andreson lag völlig angekleidet auf dem Bett. Er war Schwergewichtsboxer gewesen und er war viel zu lang für das Bett. Er lag mit dem Kopf auf zwei Kissen. Er sah Nick nicht an.

„Was ist denn?“, fragte er.

„Ich war bei Henry", sagte Nick, „und zwei Kerle kamen rein und banden mich an den Koch und sie sagten, dass sie dich killen würden."

Es klang albern, als er es sagte. Ole Andreson sagte nichts.

„Sie sperrten uns in die Küche", fuhr Nick fort. „Sie wollten dich erschießen, wenn du zum Essen reinkommst."

Ole Andreson sah die Wand an und sagte nichts.

„George meinte, ich sollte lieber gehen und es dir sagen."

„Ich kann nichts dran ändern", sagte Ole Andreson.

„Ich werd dir beschreiben, wie sie aussahen."

„Ich will nicht wissen, wie sie aussahen", sagte Ole Andreson. Er sah die Wand an. „Danke, dass du hergekommen bist, um es mir zu erzählen."

„Schon recht."

Nick sah auf den großen Mann, der auf seinem Bett lag.

„Möchtest du, dass ich zur Polizei gehe?"

„Nein", sagte Ole Andreson. „Das würde nichts nützen."

„Kann ich nicht irgendwas tun?"

„Nein, man kann da nichts machen."

„Vielleicht war es einfach Bluff?"

„Nein, das ist nicht einfach Bluff."

Ole Andreson rollte hinüber zur Wand.

„Das einzige Dumme dran ist", sagte er und sprach gegen die Wand, „dass ich mich einfach nicht entschließen kann auszugehen. Ich bin den ganzen Tag über hier drin gewesen."

„Kannst du nicht aus der Stadt weg?"

„Nein", sagte Ole Andreson. „Ich hab das ewige Hin und Her satt."

Er sah die Wand an.

„Man kann jetzt nichts mehr dagegen tun."

„Lässt es sich nicht irgendwie einrenken?"

„Nein. Bin reingeschliddert." Er sprach immer mit derselben tonlosen Stimme. „Man kann nichts machen. Nachher werd ich mich aufraffen und ausgehen."

„Ich geh wohl lieber zu George zurück und erzähl's ihm", sagte Nick.

„Wiedersehen", sagte Ole Andreson. Er sah Nick nicht an. „Danke schön fürs Herkommen."

Nick ging hinaus. Als er die Tür schloss, sah er Ole Andreson völlig angekleidet auf seinem Bett liegen und die Wand ansehen.

„Er ist den ganzen Tag über in seinem Zimmer gewesen", sagte die Vermieterin unten. „Wahrscheinlich fühlt er sich nicht wohl. Ich hab zu ihm gesagt: ‚Mr. Andreson, Sie sollten an so einem schönen Herbsttag wie heute ausgehen und einen Spaziergang machen'; aber er fühlte sich nicht danach."

„Er will nicht ausgehen."

„Es tut mir leid, dass er sich nicht wohl fühlt", sagte die Frau. „Es ist ein schrecklich netter Mensch. Wissen Sie, er war früher einmal Boxer."

„Ja, ich weiß."

„Man würde es nie denken, wenn sein Gesicht nicht so aussähe", sagte die Frau. Sie standen und unterhielten sich grade hinter der Haustür. „Er ist so sanft wie ein Lamm."

„Tja, also gute Nacht, Mrs. Hirsch", sagte Nick.

„Ich bin nicht Mrs. Hirsch", sagte die Frau. „Der gehört das Haus. Ich seh nur für sie nach dem Rechten. Ich bin Mrs. Bell."

„Also gute Nacht, Mrs. Bell", sagte Nick.

„Gute Nacht", sagte die Frau.

Nick ging die dunkle Straße hinauf bis zur Ecke unter der Bogenlampe und dann an den Trambahnschienen entlang, bis zu Henry's Esslokal. George war drinnen, hinter der Theke.

„Hast du Ole gesprochen?"

„Ja", sagte Nick. „Er sitzt in seinem Zimmer und will nicht ausgehen."

Der Koch öffnete die Küchentür, als er Nicks Stimme hörte.

„Ich will nicht mal davon hören", sagte er und schloss die Tür.

„Hast du's ihm erzählt?", fragte George.

„Natürlich. Ich hab's ihm erzählt, aber er weiß genau, worum sich's dreht."

„Was wird er tun?"

„Gar nichts."

„Sie werden ihn killen."

„Werden sie sicher."

„Er war wohl in Chicago in irgendwas verwickelt."

„Wahrscheinlich", sagte Nick.

„Es ist eine verteufelte Sache!"

„Es ist eine scheußliche Sache", sagte Nick.

Sie sagten nichts. George langte nach einem Lappen und wischte die Theke ab.

„Was er wohl ausgefressen hat?", sagte Nick.

„Sicher wen reingelegt. Dafür killen sie einen."

„Ich mach, dass ich hier aus der Stadt rauskomme", sagte Nick.

„Ja", sagte George. „Das ist wohl das Vernünftigste."

„Ich kann das nicht aushalten, mir vorzustellen, wie er da in seinem Zimmer sitzt und wartet und genau weiß, dass er dran glauben muss. Es ist zu verflucht niederträchtig."

„Na", sagte George. „Am besten, du denkst nicht dran."

Otto Flake Die Versuchung des Richters

Otto Flake (1880–1963) verstand sich als antibürgerlicher Schriftsteller. Vorwiegend schrieb er Erziehungs- und Bildungsromane, u.a. die fünf Ruland-Bände (1913/1928). Sehr bekannt wurde auch sein Roman „Die Stadt des Hirns“ (1919), in dem er die realistische Literatur verwirft. Als sein Hauptwerk nach dem Zweiten Weltkrieg bezeichnet er selbst den vierbändigen Roman „Fortunat“ (1946/1948), in dem er angesichts des Kriegs- und Nachkriegschaos einen Appell zur Besinnung an die menschliche Vernunft richtet. Flake strebte eine Toleranz an, die über die Schranken von Nationen und gesellschaftlichen Klassen hinwegführen sollte.

Es schellte; die Tochter und das Mädchen waren ausgegangen, der alte Richter öffnete selbst und erblickte den Mann in Polizeiuniform.

„Was führt Sie zu mir?“, fragte er etwas verwundert.

„Eine Nachforschung“, lautete die Antwort. „Wir haben eine junge Frauensperson verhaftet und festgestellt, dass sie früher bei Ihnen diente – eine gewisse Adelheid H. Ihre Wirtin hat sie wegen Diebstahls angezeigt. Unter ihren Sachen befinden sich Gegenstände, über die sie sich nicht ausweisen kann. Wir vermuten, dass auch sie entwendet sind, und ich soll mich erkundigen, ob in Ihrem Haushalt etwas vermisst worden ist, nachdem das Mädchen gegangen war.“

„Nun, in einem Haushalt wird wohl immer etwas vermisst. Ich müsste meine Tochter fragen. Um welche Gegenstände handelt es sich denn?“ Der Polizist zog eine Liste hervor und las ab: „Drei Meter Seidentaft; vier silberne Esslöffel, mit E. v. B. gezeichnet; ein vergoldetes Teesieb.“

Es folgten noch ein paar Kleinigkeiten. Der Richter erklärte:

„Wie gesagt, ich muss mit meiner Tochter sprechen, die ausgegangen ist. Sie erhalten Bescheid. Es war sehr freundlich, dass Sie sich bemüht haben.“ Der Polizist ging, der Richter stellte sich ans Fenster. Der Seidentaft gehörte der Tochter, die aufgeregt nach ihm gesucht hatte. Die mit E. v. B. gezeichneten Löffel stammten aus der Mitgift seiner verstorbenen Frau.

Als die Tochter nach Hause kam, sagte er nichts von dem Besuch des Polizisten.

Die Tochter klagte bei Tisch über die Teuerung in den Läden. „Ich wollte mir Stoff für ein Abendkleid kaufen und konnte mich nicht entschließen“, berichtete sie; „wenn ich nur wüsste, was aus dem Taft geworden ist. Ich meine immer, das Ostzonenmädel[1] hat ihn mitgenommen. Ob man nicht eine Durchsuchung bei ihr vornehmen kann?“

Der Richter gab keine Antwort. Er sah das junge, verzweifelte Gesicht vor sich; sie hatte ein Fähnchen am Leib und einen Karton in der Hand, als sie an seiner Tür um einen Teller Suppe bat. „Wie wäre es mit einem Spaziergang?“, fragte er.

Sie verließen das Haus. „Nehmen wir den Tee in der Stadt“, sagte der Richter und schlenderte mit der Tochter durch die Gassen.

Sie blieben vor dieser oder jener Auslage stehen. Der Richter wusste, wo die Damen ihre Stoffe kauften, und lenkte die Tochter in das Geschäft. Der Taft zum Abendkleid wurde erstanden, dann tranken sie ihren Tee.

Am Abend im Arbeitszimmer allein, schlug der Richter eines der vergilbten Hefte, die seine Tagebücher waren, auf und las: 12. November 1909. Meine künftigen Schwiegereltern luden mich in die Traube zum Frühstück ein und hatten nichts dagegen, dass ich nachher Elsbeth ins Warenhaus begleitete. Es war das erste Mal, dass ich diesen Neubau von innen ansah. Ihr Vater, der als Polizeidirektor Bescheid wusste, hatte erzählt, es werde viel gestohlen und in allen Abteilungen seien Detektive zu finden.

Während Elsbeth an der Kasse zahlte, ging ich herum und blieb vor einer Auslage stehen, die Porzellanfigürchen im Meißner Stil enthielt. Ich nahm eines in die Hand, beschaute den Fuß, las den Preis, der zwei Mark betrug, stellte das hohle Gebilde an seinen Platz zurück, hielt es aber fest und ließ es in der Tasche meines Überziehers verschwinden.

Einen Augenblick war ich darauf gefasst, die Aufforderung zu hören: Wollen Sie mir bitte folgen. Nichts geschah, Elsbeth kam, wir gelangten ins Freie. Auf dem Weg zur Potsdamer Brücke zog ich das Ding heraus und sagte: „Das habe ich geklaut.“

Sie schaute mich ungläubig an. „Doch, doch“, versicherte ich; „es war ganz leicht, kein Detektiv legte mir die Hand auf die Schulter.“

„Ich sah dich vor diesen Figuren stehen, es ist also wahr?“

„Völlig wahr.“

„Und was hast du dir dabei gedacht?“

„Nichts. In der Sekunde vorher bestand noch nicht die Absicht.“

Die Häuser hatten Vorgärten; am Gitter saß eine Blumenfrau. Ich ging hin und stellte das Porzellan, mit dem ich nichts anzufangen wusste, neben sie. Dann sah ich noch eben, wie Elsbeth im Pferdeomnibus verschwand. Ich lief allein weiter, in der Apathie[2], die seit dem Vorfall im Warenhaus über mich gekommen war.

1 *Ostzonenmädel*: Ostzone = Bezeichnung der ehemaligen sowjetischen Besatzungszone

2 *Apathie*: Teilnahmslosigkeit

In meinem Zimmer legte ich mich aufs Bett und schlief sofort ein. Die Wirtin weckte mich, sie gab mir einen Rohrpostbrief. Elsbeth schieb: „Vierzehn Tage nach dem Staatsexamen, acht nach der Verlobung begehst du einen Diebstahl und setzest alles aufs Spiel, die Laufbahn, den guten Namen, die Rücksicht auf den Vater in seiner exponierten[1] Stellung, von mir ganz zu schweigen. Das erschreckt mich so, dass ich dich nicht sehen darf, bevor du eine erträgliche Erklärung gegeben hast – ich fürchte, dass du es nicht kannst."

17. November. Der Schock, den diese Mitteilung bewirkte, hatte zur Folge, dass das Gehirn wieder zu arbeiten begann. Ich verfasste eine Antwort für Elsbeth und zerriss sie; ich überquerte die Straße, um den Psychiater, der gegenüber wohnte, zu Rate zu ziehen, und machte an der Haustür kehrt. Zuletzt packte ich ein Köfferchen, fuhr nach dem Harz, bestieg den Brocken und suchte durch Bewegung, Luft, Anstrengung mir einen klaren Kopf zu schaffen.

Elsbeths Entsetzen konnte nicht größer sein als meines; hätte man mich ertappt, so wäre mein Leben zerstört gewesen. Ich schlug ihr eine Begegnung im Tiergarten vor, fuhr zurück und traf sie heute. Es gab nur eine Erklärung, die sie beschwichtigen konnte – die Bemerkung, Detektive überwachten die Käufer, müsse mich verführt haben zu zeigen, dass auch sie nicht alles merkten; in einem Augenblick der Verwirrung, die mir eine Lehre sein werde, hätte ich wider meinen besseren Instinkt gehandelt.

Die Erklärung, die sie einigermaßen beruhigte, genügt mir selber nicht. Es war noch etwas anderes im Spiel – als hätte angesichts der Versuchung in meinem Charakter mit unfassbarer Schnelligkeit eine Verschiebung stattgefunden und ein Trieb, von dem ich normalerweise nichts weiß, mein Handeln bestimmt. Es ist mir unheimlich zumute, ich muss diesen Dingen nachgehen und ahne Schwierigkeiten, von denen der Jurist in seinen Vorlesungen nichts hört.

Der Richter schloss das vergilbte Heft und sann den Wirkungen nach, die von jenem Erlebnis mit seinem eigenen Ich ausgegangen waren. Es hatte ihn veranlasst sich mit den neuen Wendungen in der Psychologie zu beschäftigen, und ihm verdankte er den Ruf als Rechtsphilosoph, der kein absolutes, starres Recht kannte.

Sein Auge suchte die Bücher, die er geschrieben hatte: Ohne den Blick in sein Inneres wären sie nicht entstanden. Als man den bedingten Straferlass in seine endgültige Form brachte, hatte er entscheidend mitgewirkt. Selbst seine Ehe war von der Begebenheit beeinflusst worden. Elsbeth hatte an der Entwicklung seiner Ideen teilgehabt und einer Frauenorganisation vorgestanden, die an den jugendlichen Gefährdeten viel Gutes tat.

Am nächsten Morgen ging er zur Wirtin der Adelheid H. und erklärte ihr, auf die Gefahr hin, dass sie unangebrachte Vermutungen anstelle, er wolle ihren Schaden ersetzen, wenn sie bereit sei, die Klage gegen das heimatlose Mädchen zurückzuziehen.

1 *exponiert*: herausgehoben

Nach der Freilassung bestellte er die H. in sein Haus, um die Lage zu besprechen. Es war wichtig, einem jungen Menschen eine Chance zu geben. Es wurde so viel gestraft, ein Mechanismus lief ab und es änderte sich nichts.

Wolfdietrich Schnurre Die Rückkehr

Wolfdietrich Schnurre (1920–1989) hat in der Kurzgeschichte „Die Rückkehr" eigene Kriegserfahrungen verarbeitet. Er wurde als Soldat (1939–1945) wegen Zersetzung der Wehrkraft (Defätismus) inhaftiert und schließlich nach einem missglückten Fluchtversuch in eine Strafkompanie versetzt. Besonders bekannt sind seine Sammelbände von Kurzgeschichten „Die Rohrdommel ruft jeden Tag" (1950), „Eine Rechnung, die nicht aufgeht" (1958) und „Man sollte dagegen sein" (1960). Aus der letzten Sammlung ist die folgende Kurzgeschichte entnommen.

In der sehr beachteten Kurzgeschichte „Das Begräbnis" (1946) stellt er in stakkatohafter, „misstrauisch karger Mitteilungsform" (Schnurre) das Begräbnis Gottes dar und drückt mit dieser „Kahlschlagliteratur" die Verzweiflung der Kriegsheimkehrer aus.

Neben zahlreichen Hörspielen und Fernsehspielen schrieb er auch die bekannten Bücher „Als Vaters Bart noch rot war" (1958) und der „Schattenfotograf" (1978), eine Zusammenstellung kunstvoll miteinander verbundener einzelner Geschichten.

Am zehnten Tag ihrer Flucht fing Kurella an Durek damit zu quälen, dass er sagte, es wäre wohl doch besser gewesen, wenn sie dringeblieben wären im Lager. Schlechte Behandlung hin, schlechte Behandlung her; aber man kriegte doch wenigstens was zu fressen und hätte ein Dach überm Kopf.

Durek hatte längst erwartet, dass Kurella damit anfangen würde. Er wusste, es war nicht Kurella, der so sprach. Es war der Hund Kurella, der lahmbeinige, dürrrippige Dorfköter, der sich nur im Rudel wohl fühlte und dem jetzt das Dach seiner Hütte fehlte und der Pflock mit seiner Kette.

Vielleicht war es das. Vielleicht war es der Hunger. Vielleicht waren es die kaputten Füße. Vielleicht war es das alles zusammen. Durek jedenfalls antwortete:

„Wenn du *so* anfängst, kommen wir nicht weit." Sie lagen zwischen den Krüppelkiefern, die der Wald gegen die Steppe vorgeschickt hatte. Sie lagen auf dem Bauch, hielten die bloßen, blasenbedeckten Füße in den Wind und lasen die vertrockneten Preiselbeeren von den dörrenden Stauden.

Es war Herbst. Die Blätter der paar Laubbäume zwischen den Kiefern hinter ihnen lagen verfärbt, wenn nicht schon modernd, auf dem Waldboden. Aber die Sonne wärmte noch. Und die Regenzeit ließ auf sich warten dies Jahr.

Kurella sagte: „Du hast mich mitgelotst. Du hast gesagt, wir würden uns in Güterzügen verstecken und versuchen erst mal bis Dnjeprpetrowsk zu kommen, wo wir uns bei Tanja ausruhen könnten. Jetzt willst du zu Fuß durch die Steppe."

„Du musst die hellroten nehmen", sagte Durek; „da ist mehr Saft drin."

Als es Abend wurde, wickelten sie sich wieder ihre Lappen um die Füße und zogen die Schuhe an.

„Hier", sagte Durek, „damit es dir leichter fällt." Er legte Kurella seine Mütze in den Schoß. In der Mütze lagen vier, fünf Hand voll Preiselbeeren. Sie hatten neun Stunden Rast gemacht. Sieben davon hatte Durek geschlafen. Für eine Hand voll Preiselbeeren brauchte man etwa eine halbe Stunde.

Kurella tat erst so, als wollte er sie nicht nehmen. Doch als Durek sie ihm in die Tasche schüttete, ließ er es geschehen.

Dann gingen sie los; aus den Krüppelkiefern heraus und in den brennenden Himmel hinein.

Als Kurella sich umdrehte, war schon die Nacht hinter ihnen her und der Mond kam angerollt.

„Wenn wir uns anstrengen", sagte Durek, „können wir um Mitternacht in Archangelskaja sein. Da versuchen wir es noch mal."

„Warum anstrengen", sagte Kurella, „wir kommen auch so hin."

Er ging hinter Durek. Er tastete nach den Preiselbeeren und steckte sich verstohlen einige in den Mund. Er hinkte am meisten. Durek merkte man es nicht so sehr an. Vielleicht verbarg er es auch besser. Seine Füße hatten schlimmer ausgesehen als die Kurellas.

Bald war der Mond nur noch ein winzig goldenes Fettauge in der Sternbrühe des Himmels. Es schien, er stieg hier draußen viel höher als anderswo. Eine Zeit lang gellte ihnen noch der Kauzschrei aus dem Waldgürtel nach; dann blieb auch der zurück.

„Was ist 'n das für ein Singen?", fragte Kurella einmal und blieb stehen. Er war barhäuptig und hatte die Mütze in die Manteltasche gesteckt. Es war Dureks Mantel, den er trug. Seinen hatte er im Lager gegen Zigaretten eingetauscht.

„Das ist die Stille", sagte Durek; „komm weiter."

Gegen zwei etwa lag Archangelskaja vor ihnen. Der Wind stand aufs Dorf zu und scheuchte die Hunde hoch. Aber nur das Mondlicht lag blau auf den Kalkwänden. Ein Hahn wurde wach und krähte. Über den Dächern ragte der Balken des Ziehbrunnens empor.

Kurella machte, was er immer tat, wenn Häuser auftauchten, er klagte über Kopfweh und Schwindelgefühl.

Sie gingen um das Dorf herum, weil sie den Wind gegen sich haben mussten wegen der Hunde. Dann sagte Durek: „Setz dich hin hier."

Aber Kurella wollte sich nicht hinsetzen. Er wäre müde. Er wollte mal wieder in einem Bett liegen. Er wollte Kascha, er wollte Borschtsch essen. Er hätte Hunger. Dauernd sagte er, dass er Hunger hätte. Durek wunderte sich wieder, dass er ihn mitgenommen hatte. Er hatte sich geirrt in ihm. Kurella war nur wer, wenn er das Echo der Masse, wenn er die graue Wand der Mitgefangenen hinter sich wusste. Dann war er der Hans in allen Gassen, der windige Meuterer, der allgegenwärtige Spaßvogel. Allein war er ein Nichts. Irgendeiner aus dem großen Haufen. Durch nichts von der namenlosen Herde, die Durek so hasste, getrennt.

Aber Durek hatte ihn mitgelotst. Sicher, er hatte sich getäuscht in ihm; die ordentliche Stirn Kurellas, seine klugen Augen hinter dem Stahlrahmen der Brille hatten ihn geblufft. Doch jetzt war er hier. Er, Durek, hatte ihn aus dem Käfig gelockt in die Freiheit und war jetzt verantwortlich für ihn.

„Setz dich hin hier“, sagte er noch mal. „Du *kriegst* was zu essen. Ich bring dir was.“

„Ich will aber mit“, sagte Kurella.

„Es geht nicht“, sagte Durek. „Setz dich hin.“

Kurella maulte und ließ sich ins Gras fallen.

„Aber behalt die Schuhe an“, sagte Durek. Dann ging er.

Eigentlich hätte er es gar nicht so tragisch zu nehmen brauchen mit der Verantwortung für Kurella. Kurella war ein Hemmschuh. Aber Kurella hatte eine Riesendummheit gemacht. Kurella hatte den Posten vom Wachtturm Sechs umgelegt. Aus lauter Angst. Er stand plötzlich neben ihnen, als sie den Draht durchschnitten. Durek war über ihm, noch ehe der Posten es überhaupt begriffen hatte. Aber Kurella hatte die Drahtschere; und mit der schlug er dem Posten, hysterisch[1] vor Furcht, den Schädel ein. Obendrein war es auch noch Gregorieff, Iljitsch Gregorieff gewesen, von dem das ganze Lager wusste, dass er Kurella mal schuldlos eingesperrt hatte.

Durek bückte sich und kroch die Rückwand des ersten Hauses an. Sie war fensterlos. An einer Stange unterm Dach hingen ein paar Maiskolben. Durek nahm sie ab.

Der Hahn krähte wieder. Sicher fiel Mondlicht in seinen Schuppen. Im Haus drin zirpte ein Heimchen.

Durek schob sich auf Ellenbogen und Zehenspitzen zum nächsten Haus hin. Es war rissig und Strohgeflecht und Weidenruten traten unter dem grobporigen Lehmbewurf vor. Eine Katze saß neben der Tür und starrte Durek an. Auf den Zaunlatten staken unförmige Tonkrüge.

Durek fand noch eine Wassermelone, zwei Gurken und ein paar Mohnköpfe. Dann wurden die Hunde unruhig. Durek hätte gern noch nach Sonnenblumenkernen gesucht. Aber er wagte es nicht.

1 *hysterisch*: hier: aus der Fassung geraten

Er kroch zurück und dachte, was wohl geschehen wäre, wenn Kurella versucht hätte hier Essbares aufzutreiben. Einmal hatte er es ihm überlassen; aber nie wieder. Er war mit einem Säckchen Mohn, einem Stück sauren Brots und drei Eiern wiedergekommen. Doch er hatte eine Frau bedroht, einen Greis verprügelt und sich an einem Mädchen vergangen. Kurella war Student gewesen, bevor er Soldat geworden war; das war es auch, was Durek so hingezogen hatte zu ihm.

Kurella lag da, wo Durek ihn verlassen hatte. Sein Gesicht war weiß, eine kalkig-ovale Scheibe; er schlief.

Durek schnitt die Melone mit einem Konservenbüchsendeckel in zwei Hälften und weckte Kurella. „Hast du Brot?“, fragte Kurella.

Durek sah in der Mondhelle, dass ihm ein Geiferfaden am Mundwinkel hing. „Nein“, sagte er.

„Warum bist du nicht in die Häuser gegangen“, fragte Kurella.

„Hier“, sagte Durek: „drei Maiskolben, eine Gurke, etwas Mohn.“

„Warum bist du nicht in die Häuser gegangen“, fragte Kurella.

„Ich will's nicht“, sagte Durek. „Wir sind deutsche Gefangene, die aus einem Lager geflohen sind. Sie geben uns nichts.“

„Geben –“, sagte Kurella geringschätzig; „geben –“

Er biss in seine Melonenhälfte. Saft rann ihm über das Kinn.

Durek stand vor ihm. Er frisst, dachte er, er frisst wie ein Tier. Ich habe ein Tier mitgenommen, einen Hund. „Komm“, sagte er und drehte sich um, weil er nicht sehen wollte, wie umständlich Kurella aufstand. Gestern früh noch hatte er Kurella beim Aufstehen geholfen; am Abend schon nicht mehr. Er schämte sich deshalb. Aber er konnte nichts dagegen tun. Denn er fing an Kurella zu hassen.

„Wär ich bloß dageblieben“, sagte Kurella und stemmte sich an seinem Stock hoch; „wär ich bloß dringeblieben im Lager. Kruppeit lag im Revier. Er wär bestimmt nicht mehr rausgekommen. Dann hätt *ich* die Kantine gekriegt.“

Durek ging schon vor. Er presste die Fingernägel in die Handballen.

„Warte doch!“, schrie Kurella.

In dieser Nacht ertappte sich Durek zum ersten Mal dabei, dass er sich einzureden versuchte einen Mörder zum Gefährten zu haben.

Sie liefen die ganze Nacht durch.

Am Morgen kamen sie an einen zerfallenen Schafschuppen; in den legten sie sich.

Sie schliefen bis zum Abend. Dann aßen sie. Kurella hatte seinen Vorrat schon unterwegs aufgegessen. Durek gab ihm von seinem. Je mehr er Kurella zu hassen anfing, desto selbstloser war er zu ihm. Seine Selbstlosigkeit war das Einzige, was er seiner Abscheu entgegenzustellen vermochte.

Als die Sonne weg war, gingen sie weiter. Kurella hinkte stärker denn je. Er war fahl im Gesicht und hatte Löcher in den Backen. Er schwitzte; dabei war es kühl.

Durek lief erst vor. Dann kam ihm der Gedanke, Kurella einfach im Schlaf zu verlassen. Davor erschrak er so, dass er Kurella neben sich kommen ließ und ihn von jetzt an wieder stützte.

Nach vier Stunden blieb Kurella stehen. Er knotete die Schnur auf, die seine Hose festhielt und fuhr sich mit der Hand zwischen die Beine. Zögernd zog er sie wieder hervor.

„Was ist“, fragte Durek.

Kurella beroch seine Hand und hob sie gegen die Sterne. „Blut“, sagte er. Triumph war in seiner Stimme. Seine Augen glänzten.

Durek überlegte. Wenn Kurella sich einen Wolf gelaufen hatte, war es aus mit den vierzig Kilometern am Tag. Es hieß ausruhen dann. Es hieß, in die Häuser gehen und sich Mehl besorgen müssen um die Wundstelle kühlen zu können. Oder es hieß – nein. Aber es half nichts; der Gedanke, Kurella jetzt in einem Bauernbett zurückzulassen und allein weiterzulaufen, wurde übermächtig in Durek.

Als sie weitergingen, lief Kurella breitbeinig und stützte sich schwer auf seinen Stock. Er ächzte auch. Vorher hatte er nicht geächzt. Hin und wieder blickte er verstohlen zu Durek hin.

Durek bemerkte diese Blicke. Es waren die Blicke, mit denen alte Frauen auf den Sterbebetten die Zurückbleibenden streifen. Es waren die kokett-stolzen Blicke, die auf den Verbandsplätzen die Verwundeten den Heilgebliebenen zuwarfen. Es waren die Blicke, die sagten: Ätsch, ich leide.

Durek kannte sie. Er hatte diese Blicke bei Dutzenden von Sterbenden, bei Hunderten von Verletzten gesehen. Sie ekelten ihn an. Er hätte Kurella ins Gesicht schlagen können für sie.

Aber er tat es nicht. Nicht mal seine Hilfe versagte er ihm mehr. Er hatte nicht den Mut dazu; er log lieber. Er war feige; feige aus Anständigkeit.

Er legte sich Kurellas Arm um den Hals und trug ihn halb. „Bis Häuser kommen“, sagte er; „irgendwo müssen hier doch mal wieder Häuser kommen.“ Doch er hatte seine Kräfte überschätzt.

Nach einer Stunde schon mussten sie Rast machen. Dann ging es noch mal eine halbe. Dann war es aus.

Durek ließ Kurella auf die Erde gleiten, riss Grasbüschel aus und schob sie Kurella unter den Kopf. Er setzte sich.

Nach einer Viertelstunde stand er auf.

„Was ist?“, fragte Kurella, plötzlich munter.

„Nichts“, sagte Durek; „ich geh zum nächsten Dorf und seh zu, dass ich ’n Fuhrwerk kriege.“

Kurella schrie: „Du willst mich hierlassen! Du haust ab! Sag’s doch gleich, dass du abhaust!“

Durek freute sich fast, dass Kurella die Nerven verlor. „Du kannst dich drauf verlassen, dass ich wiederkomme“, sagte er.

Kurella wimmerte: „Nimm mich doch mit. Nimm mich doch mit. Hörst du. Ich will mir auch Mühe geben.“ Er arbeitete sich an seinem Stock hoch. Er zitterte.

Schade, dachte Durek. Schade, dass er so schnell wieder normal wird. Aber gleich danach biss er sich auf die Lippe. Er fürchtete sich vor diesen Gedanken, er mochte sie nicht.

Aber *sie* mochten *ihn*. Sie ließen sich nicht abweisen, sie kamen wieder. Ein Mörder, sagten sie, mach dir doch nichts vor; er hat einen Menschen umgebracht. Quatsch, sagte Durek, er ist Soldat. Er hat als Soldat getötet.

Und –?, fragten die Gedanken, und –?

Durek legte sich wieder Kurellas Arm um den Hals und fasste ihn um die Hüfte. Das hatte er vorher nicht getan. „Los“, sagte er, „versuchen wir’s noch ein Stück.“

Aber Kurella machte sich frei. „Lass“, sagte er; „es muss auch so gehn.“

Es ging auch.

Durek lief neben Kurella her und beobachtete ihn. Er wollte sich Mitleid einreden. Es war aber nicht Mitleid, was wuchs in ihm; es war Neugier. Mal sehn, wie lang er noch macht: Das war die äußerste Überlegung, der er fähig war jetzt.

Dahinter kam nichts mehr; dahinter war Schluss.

Nicht lange, und Kurella blieb stehen. Schweißbäche liefen ihm in die Augen. Er blinzelte.

„Na?“, sagte Durek und erschrak vor dem frohlockenden Unterton in seiner Stimme.

„Wenn du mich stützt“, sagte Kurella stockend, „wenn du mich stützt, geht’s vielleicht noch ein bisschen.“

Durek legte sich wieder des andern Arm um die Schulter und passte sich Kurellas Humpelschritt an. Ich müsste ihn reizen, dass er noch mal die Nerven verliert; dachte er; dann fiele es mir leichter. „Geht’s noch?“, fragte er.

Kurella nickte.

Doch als sie das nächste Mal stehen blieben, sackten ihm die Knie weg.

Durek wusste gleich, dass er ihn hier nicht mehr hochkriegen würde. Und er bekam Angst vor der Entscheidung. Wenn er bloß schliefe, flüsterten seine Gedanken, wenn er bloß schliefe.

Kurella reckte kraftlos den dürren Hals aus dem Mantelkragen. „Was ist“, fragte er; „gehst du?“

Durek sah, dass es nicht nur der Wolf war, der ihn fertiggemacht hatte; es war auch die Lagerkost, die Erschöpfung. Kurella war am Ende. „Noch nicht“, sagte er. Er setzte sich.

„Kommst du wieder?“, fragte Kurella.

Er hat eine Mutter, dachte Durek. Und ich hab ihn mitgelotst.

Ein Mörder. Ein Mörder aus Angst, sagten seine Gedanken. Ein haltloses Nichts. Eine Null.

„Ich geh jetzt“, sagte Durek. Er stand auf.

„Kommst du wieder?“

Durek wünschte sich plötzlich, weinen zu können. „Natürlich“, sagte er. Und er dachte: Wenn er mir bloß einen Anlass gäbe, mich zu ärgern.

Hau schon ab, sagten seine Gedanken. Du hast Frau und Familie. Willst du ihre Sorge um dich an einen Mörder verraten? An einen krepierenden Windbeutel?

„Ich – ich seh dann mal nach ’nem Fuhrwerk“, sagte Durek.

Kurella schwieg. Der Kopf war ihm hintenübergekippt. Sein Mund stand offen; er schlief.

Die ersten hundert Meter ging Durek noch langsam. Dann fing er an zu rennen. Er rannte wie wahnsinnig. Er floh. Vor was, wusste er nicht.

Erst glaubte er, vor der eigenen Schlechtigkeit. Aber schon als er dann wieder langsam zu gehen begann und sich plötzlich pfeifen hörte, wusste er, dass sie mit ihm war, dass sie sich nicht abschütteln ließ; sie gehörte zu ihm; und er empfand sie auch gar nicht so sehr als störend. Doch Durek grübelte jetzt nicht. Er war frei. Das genügte.

Warum hatte er denn diesen irrsinnigen Fluchtplan verwirklicht? Um sich mit dem erschöpften Kurella zusammen kaschen und wegen Mithilfe bei der Ermordung dieses Gregorieff an die Wand stellen zu lassen? Oder um sich die Freiheit, an die er nie aufgehört hatte zu glauben, nun mit ihrer ganzen Wucht auf die Schultern zu laden? – Also.

Durek lief die Nacht durch.

Auch in den Morgen hinein lief er noch.

Gegen elf etwa warf er sich hin.

Er schlief zwei Stunden. Da schreckte Klopfen ihn hoch. Er sprang auf und lauschte. Es war nur sein Herz.

Er lief weiter. Die Sonne wärmte noch; er schwitzte. Er ging sehr schnell. Manchmal rannte er wieder. Er hustete; er hatte sich erkältet in der Nacht.

Am Nachmittag war es zu Ende mit seiner Kraft. Er schlief wieder.

Aber Kurella hatte ihn eingeholt. Kurella war schneller gewesen. Kurella stand neben ihm, in seinem, in Dureks Mantel, und der dürre Hals reckte sich wie der eines Geiers aus dem Kragen.

Er beugte sich über Durek. Er krächzte: „Du feiges Schwein, du hast mich belogen. Du bist getürmt. Aber ich rück dir nicht mehr von der Pelle. Jetzt nicht mehr.“

Als Durek auffuhr, hielt er sein eigenes Handgelenk gepackt. Quer über die Pulsader weg waren blutig die Abdrücke der Nägel zu sehen.

Es war Abend; die Steppe glühte.

Durek raffte sich auf. Er lief weiter.

Doch es lief einer mit jetzt; es folgte ihm einer. Er war nicht mehr allein. Mal war es ein Schatten, mal eine Zwergbirke.

Als es Nacht wurde, war es Kurella.

„Was willst du“, fragte Durek.

„Nichts“, sagte Kurella; „mitgehn.“

Manchmal war es so, dass Durek seinen Atem spürte im Nacken. Wenn er sich umdrehte, wich Kurella zurück.

Sie liefen die ganze Nacht durch.

Durek stolperte oft. Wenn er in die Knie ging, fiel Kurella über ihn her und würgte ihn. Durek schrie dann und schlug um sich und hustete.

Einmal hatte Kurella zu fest zugepackt. Durek blieb liegen, er bekam keine Luft mehr und sein Herz setzte aus.

Als die Ohnmacht vorbei war und er den Kopf hob aus der Heide, war Kurella verschwunden. Durek sprang auf und hastete weiter.

Die Sterne waren weg. Dunst drückte die Steppe, Nebel. Ein Lemming pfiff.

Dann tauchte ein Baum auf. Eine verkrüppelte Lärche. Durek war schon mal in der Nacht an einer vorbeigekommen. Das heißt, es war mehr ein Stumpf gewesen, ein verkümmerter Torso[1]; ähnlich wie der hier. Ähnlich? Er stutzte. Es war dieselbe Lärche; die grau-diesige Milchsuppe des Himmels hatte ihn genarrt. Er war im Kreis gelaufen; zurück, verkehrt. Durek taumelte auf den Stumpf zu. Es war aber nicht der Stumpf. Es war Kurella. Er stand da und hatte die Arme verschränkt.

Er nickte. „Ich wusste, dass du kommst“, sagte er. „Ich habe gewartet auf dich.“

„Ich will aber nichts von dir“, keuchte Durek; „lass mich in Ruh.“

„Nein“, sagte Kurella. „Doch setz dich jetzt. Schlaf erst.“

„Erst“, sagte Durek. „Erst. Und dann?“

„Dann gehst du weiter. In östlicher Richtung. Wie du gekommen bist. Etwa siebzig Kilometer. Da lieg ich.“

„Ich muss aber nach Westen“, sagte Durek und glitt an dem Stamm runter.

Kurella beugte sich über ihn. „Du musst nach Osten“, flüsterte er, „hörst du: nach Osten.“

Als Durek aufwachte, war es Morgen. Sonst hatte er die Sonne im Rücken gehabt um diese Zeit. Diesmal lief er in sie hinein.

Ich war wahnsinnig, dachte er. Ich wollte ihn verrecken lassen. Ich hab ihn mitgelotst. Und jetzt wollte ich türmen. Ich muss zurück zu ihm. Ich muss nach Archangelskaja, Leute holen, die ihm helfen.

Er lief zwölf Kilometer an diesem Morgen. Am Nachmittag sieben und am Abend und in der Nacht vierunddreißig. In östlicher Richtung.

1 *Torso* (ital.): eine zerstörte bzw. nicht ganz erhaltene oder eine unvollendet gebliebene Statue

Er hatte seit vier Tagen nichts mehr gegessen.
Den folgenden Tag schlief er. Das half etwas.
Er schaffte siebzehn Kilometer darauf.
Dann fing er an zu suchen. Er lief kreuz und quer. Er schrie.
Dann taumelte er. Dann sprach er.
Dann kroch er. Dann flüsterte er.
Dann blieb er auf dem Bauch liegen und bewegte die Lippen.
Dann war er still.

Zufällig fand sie beide eine Woche später derselbe Bauer. Sie lagen nur etwa einen halben Kilometer voneinander entfernt.

Friedrich Hebbel Die Kuh

Friedrich Hebbel (1813–1863) wurde in Dithmarschen (Holstein) als Sohn eines Maurers geboren. Der Vater bemühte sich gemeinsam mit der Mutter, durch Tagelöhnerarbeit den kärglichen Lebensunterhalt für die Familie zu verdienen. Die materielle Not, die auch in der Kurzgeschichte „Die Kuh“ deutlich beschrieben wird, bestimmte lange Zeit Hebbels Leben. Aus seinem Erzählwerk ist noch die Novelle „Anna“ (1847) hervorzuheben, in der ebenfalls bei sozialer Problematik (Ständegegensatz) letztlich das Schicksal zur absoluten Tragik führt.

Nachhaltigen Ruhm gewann Hebbel durch seine Tragödien, z. B. durch „Maria Magdalene“ (1843) und „Agnes Bernauer“ (1851). Die diesen Tragödien zugrunde liegende Weltanschauung bezeichnet man als „Pantragismus“. Das bedeutet, verkürzt gesagt, dass das individuelle Wollen des Einzelnen von dem Weltwillen beherrscht wird. Mit dem Versuch der Durchsetzung des individuellen Willens entsteht Tragik.

Die Kurzgeschichte „Die Kuh“, deren Handlung auch dem tragischen Verhängnis unterworfen ist, entstand 1849.

In seiner Wohnstube, die sehr niedrig und auch etwas räucherig war, weil es dem Hause nach dem herkömmlichen Brauch des Dorfs am Schornstein fehlte, saß der Bauer Andreas an dem noch vom Großvater herstammenden alten, eichenen Tisch und überzählte vielleicht zum neunten Male ein kleines Häuflein Talerscheine. Er hatte die Pfeife im Munde und daran konnte man sehen, dass es Sonntag sei, da er sich die mit dem Rauchen verbundene kleine Zeit- und Geldverschwendung bei seiner knappen, ängstlich-genauen Natur an keinem anderen Tage erlaubt haben würde; sie brannte aber nicht und war auch noch gar nicht angezündet gewesen, obgleich das Talglicht, wobei es hatte geschehen sollen, schon lange geflackert haben musste. Um ihn herum, bald zum Vater auf die Bank kletternd und ihm ernsthaft zuschauend, bald den durch die offen stehende Tür aus und ein wandelnden gravitätischen[1] Haushahn jagend und neckend, spielte sein Kind, ein munteres, braunes Knäblein von zweieinhalb bis drei Jahren. „Den da“, murmelte Andreas und hielt einen der Scheine mit sichtlichem Behagen in die Höhe, „bekam

1 *gravitätisch*: würdevoll

ich für die Fuhre Sand, die ich dem Maurermeister Niklas in die Stadt lieferte, als es wie mit Mulden vom Himmel goss; ich kenne ihn am dem Riss. Ein braver Mann; ich hatte ihm einen Groschen wieder herauszugeben, aber er ließ mir den wegen meiner durchnässten Haut. Freilich, einen Schnaps habe ich nicht dafür getrunken, wie er wollte! Diesen hier", fuhr er fort, „habe ich am sauersten verdient, es ist der mit dem großen Tintenfleck! Wer dem Apotheker einen ganzen Futtertrog voll Kamillen bringen will, der muss sich oft bücken und das ist nach dem Feierabend nicht bloß für die Faulen mühsam! Der zerfetzte und wieder zusammengeklebte", begann er nach einer Pause von neuem, „ärgert mich jedes Mal, wenn ich ihn ansehe, ich werde den Verdruss nicht los. Anderthalb hätten's sein sollen, wenn sie auch gerade nicht ausdrücklich zum Voraus bedungen waren. Drei Klafter[1] Holz! Ins Bein hieb ich mich obendrein vor übergroßem Eifer, weil ich's den Leuten gern, ehe der Regenguss kam, in den Keller schaffen wollte! Und ein solcher Abzug! Dabei trägt die Frau goldene Ohrringe und das Kind weiß nicht, ob es eine Semmel ohne Butter essen will oder nicht! Brüllt's nicht schon?" Er sprang auf und eilte ans Fenster. „Nichts da", sagte er zurückkehrend, „das kam aus dem Stall des Nachbars! Nun, morgen wird aus dem meinigen geantwortet werden! Na, Junge", hierbei klopfte er sein Knäblein auf die Wange und reichte ihm eine dem Hahn entfallene bunte Feder, „noch heute erhalten unsere beiden Esel Gesellschaft. Dein Vater hat's endlich so weit gebracht, die Kuh ist schon unterwegs! Du musst das Pferd schaffen, wenn du groß wirst! Hörst du?" Das Kind nickte, als ob es verstände, was es doch noch nicht verstehen konnte. Andreas setzte sich wieder an den Tisch. „Freilich, freilich", begann er abermals, indem er einen Zehntalerschein ergriff, „es würde noch eine gute Weile gedauert haben, wenn das Glück mich nicht begünstigt hätte! Haha! Das war ein Fischfang, der sich der Mühe verlohnte, obgleich der Fisch nicht zu den essbaren gehörte. Ei, dass ich doch immer, wie jenen Abend, von ungefähr darauf zukäme, wenn sich einer ersäufen will, und die Rettungsprämie erwischte! Ich bringe jeden wieder ans Ufer, ärger kann sich keiner sträuben, als der Leinweber sich sträubte, er hätte mich fast in den Grund des Teichs mit hinabgerissen! Noch fühl ich seine Klauen in meinem linken Arm und ernstlich hat er's gemeint, denn drei Tage nachher schnitt er sich den Hals ab! Doch was gelingt unsereinem nicht, wenn man weiß, dass einem eine Belohnung von zehn Talern gewiss ist! Lange währt's aber, es wird ja schon Nacht! Dass der Müller meiner Geesche Bier und Brot vorgesetzt hat, kann ich mir nicht denken! Dann müsste sein Profit größer sein, als ich glaubte, und er hätte mich trotz aller Vorsicht angeführt! Ich will einmal vor die Tür gehen!" Andreas stand auf und tat jetzt den ersten Zug aus der Pfeife. „Ja so", rief er aus, „du brennst noch nicht und ich meine schon eine halbe Stunde zu schmauchen! Nun, umsonst will ich dich nicht gestopft haben." Er nahm ein altes brüchiges Zeitungsblatt vom Tisch, in das die Scheine eingewickelt gewesen

1 *Klafter*: Raummaß für Holz; das preußische Klafter = 3,33 m^3

waren. „Jetzt brauche ich's nicht mehr", sprach er, indem er es beim Licht anzündete, „noch heute geht das Geld aus dem Hause, denn der Müller kommt gewiss mit, ich tät's an seiner Stelle auch!" Er steckte die Pfeife in den Brand und warf das Blatt an die Erde. Das Kind hatte dem plötzlichen Aufflammen desselben mit leuchtenden Augen zugesehen, es rief jetzt: „Ah!" und hob das Blatt wieder auf. „Brenn dich nicht!", sagte Andreas und ging hinaus. Es war völlig finster geworden und der qualmige Nebel, der den Tag über die Sonne verhüllt hatte, verhüllte jetzt die Sterne. „Wo sie nur bleibt!", murrte Andreas, sich mit dem Rücken verdrießlich an den Türpfosten lehnend, „nun werd ich bald ungeduldig! Ob sie aufs Neue zu dingen[1] angefangen hat? Glück zu, aber vor dem will ich den Hut abziehen, der da noch einen Groschen abzwackt, wo ich den Handel schloss! Ich könnte ihr entgegengehen, doch sie hat den Pflügerjungen ja bei sich und dann ist hier auch das Kind. Zwar, das könnt' ich zu Bett bringen!" Andreas ging wieder hinein. „Satan!", rief er aus und blieb einen Moment mit weit aufgerissenem Munde und fast aus den Höhlen tretenden Augen auf der Schwelle der Stube stehen. Der Knabe kniete auf der Bank, die er erklettert hatte, und verbrannte beim Licht eben mit Frohlocken den letzten Kassenschein; das Flackern des Zeitungsblatts hatte ihm eine unendliche Freude gemacht, aber die Freude hatte nicht lange genug gedauert, und um sie zu erneuern, tat er alles nach, was er vorher seinen Vater, aufmerksam und neugierig zu ihm emporschauend, hatte tun sehen. „Au!", schrie das Kind nach einer Weile, denn das als Letztes zu lange festgehaltene Papier brannte es auf die Finger; „mehr!", setzte es hinzu, als es, das Auge nach der Tür wendend, den fast versteinerten Andreas erblickte. Dies Wörtchen weckte diesen aus seiner Erstarrung. „Mehr, du Teufelsbrut?", rief er aus, stürzte auf sein Söhnchen zu, fasste es, seiner selbst nicht mehr mächtig, bei den Haaren und schleuderte es ingrimmig gegen die Wand, als ob es eine giftige Schlange wäre, deren Stich er eben gefühlt hätte. „Mehr!", sagte er dann, „noch mehr, viel mehr", und riss den am Ofengestell hängenden neuen Strick herunter, mit dem er die Kuh hatte anbinden wollen, denn ein schneller, scheuer Blick zur Wand hinüber hatte ihm gezeigt, dass das Kind laut- und leblos mit geborstenem Schädel und mit verspritztem Gehirn am Boden lag. Er tat einen Schritt vorwärts, aber die Beine wollten unter ihm brechen und er griff um sich herum in die Luft, wie nach einem Gegenstand, an dem er sich halten könne; da ließ sich in geringer Entfernung von seinem Hause klar und deutlich das so lange ersehnte Gebrüll vernehmen. Dies schien ihm die Kraft zu einem plötzlichen Entschluss zu geben; er rief: „Gute Nacht, Andreas!" und stürzte mit dem Strick auf die Hausflur hinaus. Hier stand eine Leiter, die auf den Boden führte, von dem er schon am Mittag einen Haufen Stroh zum Streuen für die Kuh versorglich herabgeworfen hatte; diese Leiter eilte er so schnell hinauf, dass ihm sein Hut, den er nach Bauernsitte im Hause wie auf dem Felde trug,

1 *dingen*: hier: ‚handeln'

darüber entfiel. Nun verschwand er in der Luke und bald darauf knackte der Dachstuhl. Fast in demselben Augenblick wurde es laut vor der Tür. „Nun, Andreas, bist du eingeschlafen?“, rief eine weibliche Stimme, „das pflegst du doch sonst nicht zu tun, eh’ du deine Grütze im Leibe hast! Spring hinein, Hans, und weck ihn!“ Hans, ein nach Art der Mistgewächse lang aufgeschossener, spindeldürrer Junge, tat, wie ihm geheißen wurde, während Geesche die Kuh festhielt. Gleich darauf kam er wieder heraus und stotterte: „Aber Frau, aber Frau!“ ohne mehr hervorbringen zu können. „Was ist’s? Was gibt’s!“, rief Geesche, von seiner Leichenblässe und seinem Zähngeklapper erschreckt, und stürzte hinein. Hans griff nach dem Licht und sagte: „Der Bauer ist nicht da“, dann leuchtete er nach dem Ort hin, wo das Kind lag. Mit einem jähen Schrei sank die Mutter um und blieb bewusstlos liegen. Hans verlor die Besinnung nun völlig. „Bauer, Bauer, wo ist Er? wo bleibt Er?“, rief er wohl hundertmal hintereinander und rannte, das Licht in der Hand, im ganzen Hause wie toll umher. Als er aus der Küche zurückkehrte, wo er ins Ofenloch hineingeleuchtet hatte, stolperte er am Fuß der Leiter über Andreas’ Hut, der dort niedergefallen war. „Hat Er sich oben versteckt, Bauer?“, rief Hans, „komm’ Er jetzt nur herunter, wir sind da!“ Da keine Antwort erfolgte, stieg er selbst empor. Als er den Kopf in die Bodenluke steckte und, eine neue Leitersprosse ersteigend, Hals und Schultern nachschob, stieß er auf Widerstand, der von etwas herrührte, das ihn anfangs zurückdrängen, sich dann zu spalten und auseinanderzuteilen schien. Der Angstschweiß brach ihm aus, ihn fing zu fiebern an und ohne zu wissen, dass er’s tat, stieg er noch höher. Jetzt war es ihm, als ob sich ein sehr schwerer Mensch, wie zum Reiten, auf seinen Nacken setzte, zwei steife Beine, in denen er an den breiten Messingschnallen der Schuhe die seines Wirts erkannte, kamen, wie Zinken einer Gabel, links und rechts auf seiner Brust zum Vorschein und durch das eine derselben wurde ihm das Licht aus der Hand gestoßen. Nun stieß er noch einen unartikulierten Laut aus, dann überschlug er sich rücklings, stürzte und brach das Genick. Das Licht war nicht verloschen, ohne vorher den Haufen losen Strohs zu entzünden, und in wenigen Minuten stand das Haus in Flammen. Ob Geesche, als dies alles geschah, aus ihrer Bewusstlosigkeit noch nicht wieder erwacht und willenlos in der aufs schnellste von Rauch und Qualm gefüllten Stube erstickt war oder ob sie aus Verzweiflung über das fürchterliche Ende ihres Kindes verschmäht hatte sich zu retten, hat sich nicht ermitteln lassen. So viel steht fest, dass von ihr wie von Andreas, Hans und dem Knäblein nur ein verschrumpftes Gerippe aus dem Hause herausgekommen und dass auch die Kuh, dem diesen armen Tieren angeborenen unseligen Trieb folgend, ins Feuer hineingelaufen und mit verbrannt ist.

Max Maetz Blekboint

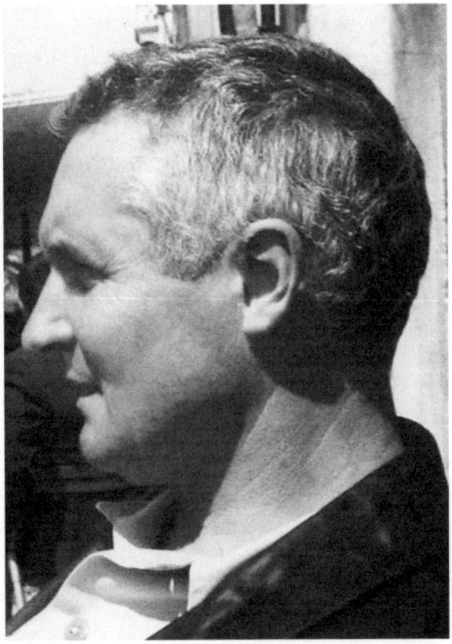

Max Maetz wurde 1945 bei Asten (Oberösterreich) geboren. Er lebt auf dem Lande nahe bei Linz.

Die in der Kurzgeschichte „Blekboint" auch skizzierten landwirtschaftlichen Arbeitsverhältnisse beruhen auf Erfahrung, die Maetz als landwirtschaftlicher Hilfsarbeiter und Traktorist gewann. Durch Heirat ist er heute Großbauer. Der Roman mit dem Titel „Bauernroman, Weilling Land und Leute", aus dem „Blekboint" entnommen ist, enthält Geschichten aus seiner Heimat und stellt seine erste Schreibarbeit dar.

ich hab auch lange nicht gewusst was das sein soll ein blekboint aber jetzt ist es mir klar das ist an der straße an den straßen auf den autobahnen und so das ist überall dort ein schwarzer punkt wie das auf österreichisch heißt an dem es mehr unfälle gibt als anderswo und die amis sagen also das wort kommt aus dem amerikanischen die nennen so einen ort eben blekboint von bleken der tod blekt die zähne und so wo mehr unfälle passieren als sonstwo und in österreich gibt es einen menschen der zeichnet jede woche die tödlichen unfallsorte auf eine karte und schafft so eine übersicht. man sieht klar über blekboints und geht auf eine wiese neben der autobahn womöglich mit kapelle oder bank davor und setzt sich und zündet sich eine dreier an und wartet mit geduld und es dauert nicht lang wenn es der richtige blekboint ist und es kracht das kann jeden augenblick passieren wenn man gut gewählt hat es ist das wie beim wünschelrutengehen aber auf den vorerwähnten karten kann man sich einen aussuchen zehn zwanzig fünfzig und mehr tödliche unfälle im jahr das sind die besten und es wird einmal zum sonntagsvergnügen gehören wie früher einmal das bergwandern

so werden sie dann später gruppenweise ausflüge machen an die herrlichen aussichtsstätten und zu den berühmtesten blekboints mit rucksäcken und roten stutzen wandernd und die lehrer werden stehen und sagen seht kinder das ist der berühmte blekboint nummer siebzehn von der schendarmerie des landes heiß empfohlen mit raststätte es herrscht zwar noch ein streit darüber ob achtzehn oder siebzehn ergiebiger ist aber wir schlagen jetzt einmal hier unsere zelte und wurstsemmeln auf und warten ab und wenn wir glück haben gibt es viel stoff für uns für den morgen fälligen aufsatz

unser kukuruzacker[1] grenzt an die autobahn mit einem zipfel und dort ist einer der besten berühmtesten blekboints denn die autobahn kommt hier vom blekboint will sagen vom mönchsberg herunter in einer art tödlichem weil sanftem gefälle mit sanfter anschließender kurve und die autofahrer aus dem salzkammergut die schnell nach wien wollen weil es nur dort noch viel schöner ist als in der stein und wasserlackenwelt die haben es also immer besonders eilig denn wien ist wien und nur in wien gibt es eine hofreitschule und strahlende straßen mit geschäften und eine oper

der bauer hat wie erwähnt einige tschuschen[2] aufgenommen für die gröbste arbeit mit den rüben und hinter dem erdäpfelroder her denn da muss einer auf dem traktor sitzen und ein anderer oder mehrere im dreck auf den knien bei regen und hitze hinterherrutschen die knollen aufsammeln und einer oder mehrere müssen die zuckerrüben auf den wagen laden und einer muss auf der maschine sein auf der kombine die den kukuruz schneidet und entkernt und in säcke füllt der bin ich klar aber bei den vielen fremdarbeitern können wir schon einmal zum blekboint fahren dort bei einem zigaretterl sehen was es neues gibt die luft ist mild und voll schwefelgestank und ruß von den eisenwerken herüber und was man noch alles über die luft sagen kann und schreiben auch der bauer versaut die umwelt mit dem gestank von seinem echten landtabak aber im allgemeinen machen wir auf dem land nicht so viel vor uns her mit der luft luft ist luft und natur ist natur das ist auch so was wenn sie kommen aus der stadt und most wöllen und speck und die augen verdrehen und herumschauen und tief atmen und sagen ach wie schön ist doch die natur beneidenswert

aber auf unserem blekboint sitze ich gerne weil hier ist alle augenblicke was los da kommen zum beispiel eben nebeneinander drei autos den berg herunter und einer der packts nicht und kommt ins schleudern und kollert rollt rutscht donnernd auf dem dach räder nach oben dem mittelstreifen zu auf die gegenfahrbahn wusch und dort ist zu seinem glück und unserem pech gerade kein verkehr und der bauer neben mir nickt mit der pfeife im mund mehrmals mit dem kopf und der wagen kommt drüben zum stehen und die ganze autobahn ist übersät mit blumiger wäsche genau solche wie meine mutter sie mir hinterlassen hat ist sie dem reisenden dem vertreter verkäufer von modedamenwäsche aus dem auto gefallen aus dem kofferraum er kriecht jetzt drüben aus dem wagen nichts ist geschehen dem auto auch nicht außer der glatze kein lack mehr auf dem dach und er hat ein ohr verloren und einen heilsamen schrecken bekommen aber er lacht es tut weh er hätte aber auch das herz verlieren können oder ein auge oder wie man oft hört die

1 *Kukuruz* (türk. und slaw.): Mais

2 *Tschusch* (slaw., österr., ungar.): abschätzig: Ausländer, Fremder, besonders Südslawe, Slowene

lenksäule bohrte sich in seine brust und das wäre kein spaß und auf beiden seiten stauen sich die autos

die glauben alle hier war eine mädchenzimmerschlacht so schaut es aus so bunt hemdchen höschen büstenhalterchen gürtelchen rüschchen in allen farben strümpfchen hüftgürtelchen schlüpferchen und wie das zeug alls heißt das frauen zum ausziehen anziehen betthupferlchen söckchen und nachthemdchen und schälchen als ob es frühling wäre im herrlichen kontrast zum herbstlichen brucknerland und die unfallkommandos machen schon datü und data und schon sind alle da und freuen sich heimlich dass endlich wieder etwas los ist hier in der autobahneinöde und dass es ein anderer

die straße ist abgesperrt wir können jetzt alle aufsammeln helfen und der bauer mit der pfeife im maul sagt nix nur den kopf schüttelt er und versteht nicht dass es die autofahrer in beide richtungen so eilig haben nur in eine das verstünde er aber in beide das ist ihm zu hoch und er steckt sein gesicht in so ein ding aus hellbraun und rosahimbeer und denkt ich kenne ihn nämlich den alten stinker an meine mutter und einer verbindet den fahrer klebt ihm das ohr wieder an und die feuerwehr kommt auch und stellt den wagen wieder auf und alle hupen

während der kranwagen das auto hochstellt und es auf den abstellstreifen der drüberen fahrbahn plumpsen lässt kommt auch noch der ÖAMTC[1] mit seinem bernhardiner und der fahrer der monteur der mechaniker sagt fachmännisch der hat aber noch einmal glück gehabt der wagen ist zwar verbeult aber durchaus fahrbereit die ausgeronnene batterie muss bei der nächsten werkstätte aufgeladen werden und den motor muss er absprühen lassen sonst zerfrisst ihm wie säuren das tun die säure alles und prüfen lassen soll er die batterie sie kann innerlich wie beim menschen zerstört sein

aber sonst ein wunder alles in ordnung und er prüft links und rechts alle blinklichter alle bremslichter und links und rechts alle scheinwerfer fernlicht links fernlicht rechts parklicht links parklicht rechts kupplung oke starter oke innenbeleuchtung oke und nun kommt auch noch der ARBÖ und ein leichenwagen den jemand voreilig bestellt hat und der vom ARBÖ gibt dem verunfallten eine neue batterie sehr billig weil der mitglied von diesem verein ist und der polizist hat genug vermessen kennt jetzt die straßenbreite und straßenlänge und alle entfernungen hier alle wollen weiter in zwanzig minuten will die zwanzig kilometer lange schlange von autos in salzburg sein voll ungeduld alles oke die rettung hat ihn verbunden er hat einen weißen turban der sein abgerissenes ohr festhält damit nicht der fahrwind es davonträgt und alles ist aufgeschrieben vermessen abgesperrt und wird nun freigegeben die ratschläge sind zu ende alles kostet geld und hundert rechnungen wechseln ihre besitzer alle schreiben sich die nummer des verunfallten autos auf denn dieses oder dessen fahrer haftet ja für alles was passiert ist

er schaut gar nicht sehr glücklich aus die wäsche ist aufgesammelt und verpackt

1 *ÖAMTC*: Österreichischer Automobil Touring Club

verstaut fahrbahn frei und alle sausen los der krankenwagen die rettung die feuerwehr die schlange und der traurige unfaller und wir sitzen auf unserem blekboint und rauchen und sind eigentlich sehr zufrieden da fährt er los gibt gas erst zaghaft und langsam fährt er richtung salzburg woher er gekommen ist aber ehe wir uns nach ihm umdrehen können ist er schon wieder in seinem element und rast so zurück wie er hergerast ist mit vollgas jetzt den berg hinauf wie vorhin herunter

der bauer schüttelt und ich schüttel den kopf und wir denken uns der bauer indem er mit der pfeife winkt dass es vielleicht egal ist wohin einer rast hauptsache er rast sicher ist das so und ich putz mir die nase

womit fragezeichen irrtümlich habe ich so eine spinnweben von hoserl eingesteckt und der bauer seufzt wie er es sieht und schaut mich traurig an der fallot[1] denkt an meine mutter und wir schauen richtung salzburg wohin der zurückfährt mit nur einem unterschied dass er einen weißen turban auf dem kopf hat und hundert rechnungen in den taschen

weil doch schon zu viel zeit vergangen ist fast eine stunde winkt der bauer mit der pfeife an die arbeit wir haben noch allerhand zu tun und wenn wir noch so zufrieden sind die landwirtschaft peitscht einen an aber es ist schon was schönes so ein verlässlicher blekboint auf den man sich nur zu setzen braucht und schon wirbeln autos durch die luft also steig auf bauer farnma und auf dem diater theater in linz haben sie nicht so eine reschie und so eine lebensechte instenierung wie hier aber wir müssen trotzdem an die arbeit also steigen wir auf und ich hau den gang rein da kracht es schon wieder und wir schauen jetzt vom fahrenden traktor bekümmert zurück weil ja die landwirtschaft kein beruf ist in dem man die zeit mit schauen totschlägt da sehen wir dass zwei wie steinböcke gegeneinandergekracht sind und die luft dröhnt bis enns[2] ein wagen brennt das hat mindestens zwei tote gegeben und einen gehirnaustritt schon fliegt an uns ein kotflügel vorbei und bohrt sich in die erde wie eine bombe blech in der ansonsten gesunden luft und schreie glas schwarzer rauch und wirklich ist da wieder was passiert und wir müssen leider zurück

die arbeitet wartet das ist einmal so und es gibt nicht nur vergnügen im leben und der bauer klopft mich auf die schulter schon geht es wieder los die autostauungen das schreien das hupen das tutatu aber wir bleiben hart die tschuschen warten wollen beaufsichtigt sein die zuckerrüben warten die zuckerfabrik in enns wartet und am abend wartet di suse und außerdem soll man einen guten blekboint nicht so schamlos ausnützen zwei vorstellungen an einem tag sind zu viel aber am sonntag machen wir mit unseren mädchen einen ausflug hierher und vielleicht haben wir glück

1 *Fallot* (Falott: frz., österr.): Gauner

2 *Enns*: österreichische Stadt in der Nähe von Linz

Günter Seuren Das Experiment

Günter Seuren (geb. 1932) lebt in München und in der Schweiz. In seinem ersten Roman „Das Gatter“ (1964) beschreibt er aus der Außensicht ein Kleinstadtmilieu so distanziert, dass er dem Leser jede Möglichkeit zur Identifikation nimmt.

Das Motiv der unerbittlichen Verfolgung eines Ziels, das sich in der hier abgedruckten Kurzgeschichte „Das Experiment“ (Erstdruck in Frankfurter Allgemeine Zeitung, Nr. 1, 1965) findet, erscheint auch in dem Roman „Lebeck“ (1966), in dem ein Kriegsdienstverweigerer im Zweiten Weltkrieg sein Ziel durch Hungern erreicht.

Von Seurens Drehbüchern wurde „Schonzeit für Füchse“, basierend auf dem Roman „Das Gatter“, (Regie: Peter Schamoni), von seinen Hörspielen „Rede an die Nation, Monolog“, gesprochen von Helmut Qualtinger (1970), besonders bekannt.

„Ich geh rückwärts, weil ich nicht länger vorwärtsgehen will“, sagte der Mann. Er war übermittelgroß, bleich vor Anstrengung, sich auf das Rückwärtsgehen zu konzentrieren, und hatte eine vom Wind gerötete Nase. Es blies ein heftiger Westwind und die Böen, die die übrigen Fußgänger, mit denen der Mann in dieselbe Richtung ging, nur als Brise im Rücken empfanden, trafen ihn mitten ins Gesicht. Er bewegte sich langsamer als die anderen, aber stetig wie ein Krebs im Rückwärtsgang.

„Eines Tages“, sagte der Mann, „war ich ganz allein in einem windstillen Park. Ich hörte die Amseln neben mir im Gebüsch nach Futter stochern, ich hörte Tauben rufen – und eine große Ruhe überkam mich. Ich ging ein paar Schritte rückwärts und ich weiß jetzt: Wenn man immer nur vorwärtsgeht, verengt sich der Weg. Als ich anfing rückwärtszugehen, sah ich die übergangenen und übersehenen Dinge, ich hörte sogar das Überhörte. Sie werden entschuldigen, wenn ich mich Ihnen nicht ganz verständlich machen kann. Verlangen Sie keine Logik von mir, die Entdeckung, die ich gemacht habe, lässt sich nicht in Worte fassen. Und denken Sie auch nicht, dass ich ein Mann der Umkehr bin, nein, ich kehre nicht um, ich ...“, der Mann schwieg ein paar Sekunden und sah entschlossen geradeaus, „es wird Sie verwundern ... aber ich bin kein Träumer.“ „Was sind Sie dann?“, sagte der Begleiter, ein Mann, der sich im herkömmlichen Vorwärtsgang bewegte. „So kommen Sie doch nicht weiter. Eines Tages sind Sie stehengeblieben, vielleicht wollten Sie das Gras wachsen hören, Sie traten ein paar Schritte zurück, um Abstand zu haben. War es so?"

Der rückwärtsgehende Mann sah seinen Begleiter an, sein Blick war sanft. „Mein Experiment ist noch nicht abgeschlossen", sagte er.

„Glauben Sie, dass Ihre Art der Fortbewegung sich durchsetzen wird?", sagte der Begleiter.

„Eine schwer zu beantwortende Frage", sagte der Mann und hielt den Blick auf einen Punkt gerichtet, den der Begleiter nicht erkennen konnte. „Übrigens ist meine Idee nicht neu. Wie mir später eingefallen ist, hatte ein längst zu Staub zerfallenes Volk ähnliche Probleme zu lösen wie wir. Es war ebenfalls in ein Stadium getreten, wo sein Weiterleben in Frage stand. Es half sich auch auf eine scheinbar seltsame Weise, Sie können auch Trick sagen, wenn Sie so wollen: Fortan wurden kriegerische Auseinandersetzungen unter den einzelnen Stämmen derart ausgetragen, dass sich die Gegner mit dem Rücken gegeneinanderstellten und so lange ihre Streiche und Hiebe in purer Luft ausführten, bis ein Kämpfer nach dem anderen erschöpft zu Boden sank. Schwer atmend fielen ganze Heere ins Gras und der anschließende Schlaf war verdient. Es waren tagelange, aber unblutige Schlachten und die einzige Folge war ein gewaltiger Muskelkater. Wie finden Sie das?"

„Zugegeben – ein brauchbares Ventil für Naturvölker", sagte der Begleiter, „aber nichts für uns. Was also versprechen Sie sich von Ihrem Rückwärtsgang?"

„Ich hoffe", sagte der Mann, „dass ich die Aufmerksamkeit auf mich lenke."

„Das tun sie auf jeden Fall", sagte der Begleiter, „das tut auch ein Dauerklavierspieler oder einer, der fünfzig Kilometer auf Händen geht."

Aber der rückwärtsgehende Mann ließ sich durch solche Anspielungen nicht aus der Fassung bringen.

„Ich hoffe, ich werde verstanden", sagte er. „Als ich das erste Mal rückwärtsging, lebte ich auf."

„Schon gut", sagte der andere, „Sie sind nicht der Erste, der solche Ansichten vertritt. Immerhin schlagen Sie etwas Praktisches vor, doch zweifle ich sehr, dass Sie Erfolg haben."

„Erfolg oder nicht", sagte der Mann, „wir sollten es versuchen, wir alle."

„Verzeihung", sagte der Begleiter, „ich denke in Tatsachen: Haben Sie nie ein Protokoll wegen groben Unfugs bekommen?"

Der rückwärtsgehende Mann sah seinem Begleiter zum ersten Mal voll ins Gesicht.

„Ein einziges Mal", sagte er lächelnd, „das war am Anfang, als ich noch unsicher war."

„Und heute stoßen Sie mit keinem mehr zusammen?"

„Niemals!", sagte der Mann noch immer lächelnd.

Sie schwiegen. Mit elastischen Schritten ging der Mann rückwärts. Der Begleiter hatte Mühe, ihm zu folgen. Der Mann, der rückwärtsging, wurde schneller.

„Entschuldigen Sie“, sagte er, „ich muss mich leider etwas beeilen. Ich habe noch eine Verabredung. Auf Wiedersehen.“ Dann verschwand er im Gedränge. Der andere verlangsamte seinen Schritt wie jemand, der zurückbleibt, um Atem zu holen. Wenige Augenblicke später geschah es. Wie aus einem Riss in der Asphaltdecke aufgestiegen, explodierte ein mehrstimmiger Schrei. Die Menschen blieben stehen und sahen in eine bestimmte Richtung. Erst waren es Einzelne, dann ganze Gruppen, die sich auf einen schnell anwachsenden Kreis aus Menschen zubewegten.

Als der Begleiter schließlich so weit vorgedrungen war, dass er in den Kreis sehen konnte, sah er, dass der Mann, der rückwärtsgegangen war, wie eine vom Himmel gefallene große Marionette auf dem Asphalt lag. Aus dem Kreis sagte jemand: „Der Wagen hat keine Schuld, das kann ich bezeugen.“ Und ein anderer sagte: „Er muss betrunken sein. Er ging rückwärts.“

Der Begleiter schob sich in die Mitte des Kreises und bückte sich über den Mann.

„Können Sie mich verstehen?“

„Ja“, sagte der Mann und bewegte sich nicht. Er lag mit der linken Wange auf dem Asphalt und sprach in die graue Decke hinein. „Versuchen Sie es einmal, wenn Sie ganz allein sind. Irgendwo. In einem Park oder nachts an einer freien Stelle. Ich hoffe, Sie werden Gefallen daran finden. Und machen Sie es besser als ich.“

Polizisten betraten den Kreis.

„Können Sie Angaben machen?“, sagte ein Polizist zu dem Begleiter.

„Er wollte rückwärtsgehen“, sagte der Begleiter.

„Das ist heute schon der Vierte, der das versucht“, sagte der Polizist. „Was ist nur mit den Leuten los?“

Peter Bichsel San Salvador

Peter Bichsel (geb. 1935) war bis 1972 Grundschullehrer in der Schweiz. Heute lebt er im Kanton Solothurn als Schriftsteller und Journalist.

1967 erhielt Bichsel für seinen Roman „Die Jahreszeiten“ den Preis der GRUPPE 47, einer berühmt gewordenen Gruppierung von Dichtern und Literaturkritikern Deutschlands nach 1945. Reizvoll sind auch seine „Kindergeschichten“ (1969), in denen Bichsel etwas darstellt, was tatsächlich nicht geschehen ist. In einer Geschichte will z. B. ein Mann nachprüfen, ob die Erde wirklich rund ist.

Mit seiner ersten Veröffentlichung, einer Sammlung von Kurzprosa „Eigentlich möchte Frau Blum den Milchmann kennen lernen“ (1964), aus der die folgende Kurzgeschichte entnommen ist, hatte Bichsel sogleich internationalen Erfolg. Die Geschichten dieser Sammlung beschreiben nicht wahrgenommene Möglichkeiten und Tagträume im Alltagsleben.

Er hatte sich eine Füllfeder gekauft.

Nachdem er mehrmals seine Unterschrift, dann seine Initialen[1], seine Adresse, einige Wellenlinien, dann die Adresse seiner Eltern auf ein Blatt gezeichnet hatte, nahm er einen neuen Bogen, faltete ihn sorgfältig und schrieb: „Mir ist es hier zu kalt“, dann, „ich gehe nach Südamerika“, dann hielt er inne, schraubte die Kappe auf die Feder, betrachtete den Bogen und sah, wie die Tinte eintrocknete und dunkel wurde [in der Papeterie[2] garantierte man, dass sie schwarz werde], dann nahm er seine Feder erneut zur Hand und setzte noch seinen Namen Paul darunter.

Dann saß er da.

Später räumte er die Zeitungen vom Tisch, überflog dabei die Kinoinserate, dachte an irgendetwas, schob den Aschenbecher beiseite, zerriss den Zettel mit den Wellenlinien, entleerte seine Feder und füllte sie wieder. Für die Kinovorstellung war es jetzt zu spät.

1 *Initialen*: Anfangsbuchstaben
2 *Papeterie* (schweiz.): Briefpapierpackung, Schreibwarenhandlung

Die Probe des Kirchenchores dauerte bis neun Uhr, um halb zehn würde Hildegard zurück sein. Er wartete auf Hildegard. Zu all dem Musik aus dem Radio. Jetzt drehte er das Radio ab.

Auf dem Tisch, mitten auf dem Tisch, lag nun der gefaltete Bogen, darauf stand in blauschwarzer Schrift sein Name Paul.

„Mir ist es hier zu kalt", stand auch darauf.

Nun würde also Hildegard heimkommen, um halb zehn. Es war jetzt neun Uhr. Sie läse seine Mitteilung, erschräke dabei, glaubte wohl das mit Südamerika nicht, würde dennoch die Hemden im Kasten zählen, etwas müsste ja geschehen sein. Sie würde in den „Löwen" telefonieren.

Der „Löwen" ist mittwochs geschlossen.

Sie würde lächeln und verzweifeln und sich damit abfinden, vielleicht.

Sie würde sich mehrmals die Haare aus dem Gesicht streichen, mit dem Ringfinger der linken Hand beidseitig der Schläfe entlangfahren, dann langsam den Mantel aufknöpfen.

Dann saß er da, überlegte, wem er einen Brief schreiben könnte, las die Gebrauchsanweisung für den Füller noch einmal – leicht nach rechts drehen – las auch den französischen Text, verglich den englischen mit dem deutschen, sah wieder seinen Zettel, dachte an Palmen, dachte an Hildegard.

Saß da.

Und um halb zehn kam Hildegard und fragte: „Schlafen die Kinder?"

Sie strich sich die Haare aus dem Gesicht.

II KREATIVER UMGANG MIT KURZGESCHICHTEN

Im ersten Kapitel dieses Arbeitsbuches habt ihr mehrere Kurzgeschichten kennen gelernt. Ihr werdet im Unterricht dabei vor allem über inhaltliche Aspekte der Texte, aber auch darüber, wie sie aufgebaut sind und wie sie erzählen, gesprochen haben. Vorrangiges Ziel der Textanalyse und des gemeinsamen Gesprächs war es für euch, zu einem umfassenderen Verständnis der Kurzgeschichte zu gelangen.

In diesem Kapitel soll ein anderer Weg der Arbeit mit Kurzgeschichten vorgeschlagen werden. Es soll nicht mehr allein um analytische, sondern auch um kreative Textarbeit gehen: Ihr sollt selbst Schreibversuche unternehmen, Texte produzieren. Im Folgenden findet ihr einige Anregungen dazu.

1 Vorgaben weiterführen

1.1
- Schreibt zu Hause Anfänge von Kurzgeschichten. Lest euch diese Anfänge vor. Einigt euch auf einen Anfang, der besonders zum Weitererzählen herausfordert.
- Stellt fest, inwieweit euch dieser Anfang hinsichtlich des Themas, der Figuren, des Handlungsortes und der Zeit bereits festlegt.
- Überlegt euch jetzt in Gruppen, wie die Handlung der Kurzgeschichte weitergehen könnte, wie sie enden sollte, welche Aussageabsicht überhaupt mit ihr verbunden sein soll (Motiv), ob ihr den Schauplatz und die Zeit wechseln wollt. Schreibt jetzt die Kurzgeschichte entweder in Gruppen oder allein zu Ende.
- Tragt euch die Ergebnisse vor, diskutiert die Unterschiede der verschiedenen Fassungen und begründet, welche Weitererzählung(en) konsequent mit den Vorgaben des Anfangs umgegangen ist/sind.
- Interpretiert abschließend eine eures Erachtens gelungene weitererzählte Kurzgeschichte.

1.2 Voraussetzung für diese Aufgabe ist, dass euch eine Kurzgeschichte vorliegt, deren Ende ausgespart ist.
Vergewissert euch wieder über die in der Kurzgeschichte enthaltenen Vorgaben wie in 1.1.
Erzählt jetzt die Kurzgeschichte zu Ende. Vergleicht die verschiedenen Schlussfassungen darauf, ob mit den Vorgaben konsequent weitererzählt wurde. Vergleicht auch, ob ein offenes oder ein geschlossenes Ende unter Berücksichtigung der Vorgaben einleuchtender und wirkungsvoller ist.

1.3 Sprecht in der Klasse oder in der Gruppe über Szenen, die im Mittelpunkt der Handlung einer Kurzgeschichte stehen könnten. Solche Schlüsselszenen könnten eine Begegnung zwischen zwei sehr verschiedenen Menschen oder die Konfrontation eines Menschen mit besonders großen Schwierigkeiten, z. B. einem Unfall, einer Krankheit, darstellen. Ihr sollt eine solche entscheidende Szene knapp, aber in der Personencharakterisierung, der Darstellung des Ereignisses und in der Erzählperspektive sehr genau in Prosa ausführen.

Schreibt um diese Schlüsselszene anschließend eine Kurzgeschichte. Ihr müsst dabei vor allem darauf achten, dass die Schlüsselszene in einen sinnvollen Zusammenhang gestellt wird, dass also eure Hinführung zu der Szene und der auf die Szene folgende Teil zwingend und einsichtig mit der Schlüsselszene verbunden sind.

Es wird wahrscheinlich interessant sein, die einzelnen Kurzgeschichten, die von derselben Szene ausgegangen sind, miteinander zu vergleichen und darüber zu sprechen, ob und inwieweit sie die vorgegebene Szene so verarbeitet haben, dass daraus eine überzeugende Kurzgeschichte entstanden ist.

1.4 Ähnlich wie in Aufgabe 1.3 könnt ihr verfahren, wenn ihr nicht eine ganze Szene erfindet, sondern nur Figuren knapp charakterisiert oder einen Handlungsort, der in einer Kurzgeschichte eine besondere Rolle spielen könnte, schildert und von da aus dann einen Textzusammenhang erstellt. Ihr solltet die Personencharakteristik oder die Schilderung des Handlungsortes so detailliert anfertigen, dass davon zwingende Impulse für die Gestaltung der gesamten Kurzgeschichte ausgehen.

1.5 Die Arbeitsanregungen der vorangegangenen Vorschläge lassen sich variieren, wenn nicht ein Teil vorgegeben wird, um den herum ein Text geschrieben werden soll, sondern wenn die Fabel einer Kurzgeschichte bekannt ist und diese zu einer Geschichte gemacht wird. Unter Fabel versteht man eine möglichst knappe Zusammenfassung des Handlungsverlaufs einer Erzählung, eines Romans oder eines Theaterstücks.

Ihr könnt solche Fabeln für mögliche Kurzgeschichten selbst erfinden, könnt aber auch Fabeln von solchen Kurzgeschichten, die euch, nicht aber der Klasse bekannt sind, vorstellen.

Bei der Umformung der Fabeln zu Texten kommt es darauf an, dass ihr einige der charakteristischen Merkmale von Kurzgeschichten, wie ihr sie bei der Interpretation und Analyse kennen gelernt und besprochen habt, zu beachten und umzusetzen versucht. Solche Merkmale können zum Beispiel sein: das unvermittelte Einsetzen der Handlung, das Zuspitzen der Handlung auf eine Entscheidungssituation, die Verwendung des inneren Monologs oder der erlebten Rede (vgl. Arbeitsbegriffe, S. 120, 121), um Einblick in das Bewusstsein der handelnden Personen zu geben.

Vergleicht eure Texte untereinander, indem ihr vor allem die Wirkung der einzelnen Kurzgeschichten auf die Schüler in eurer Klasse und die Gründe dafür erörtert. – Es könnte besonders reizvoll sein, eure Texte mit den Originaltexten zu vergleichen, falls ihr Fabeln bereits vorhandener Kurzgeschichten zum Ausgangspunkt eurer Texte gewählt habt.

1.6 Eine nicht ganz einfache, aber interessante Aufgabe ist es, beim Verfassen einer Kurzgeschichte von einem gemeinsamen Thema und Motiv auszugehen. Ein Beispiel für das Motiv wäre, dass jemand nach langer Reise in einem ersehnten Hafen ankommt und dort ein neues Leben beginnen will. Da er aber auf seine Vergangenheit trifft, misslingt dieser Plan. Das dazugehörige Thema kann lauten: „Von der Vergangenheit eingeholt". Reiz und Schwierigkeiten einer solchen Aufgabe liegen darin, dass die Vorgaben sehr viel Raum für eigene sprachliche Gestaltung und für eigene Phantasie lassen. Ausgangspunkt für euren Text können wiederum Themen und Motive aus euch bekannten Kurzgeschichten sein. Thema und Motiv können aber auch von euch erdacht werden.

2 Vorgaben umschreiben

Eine andere Möglichkeit, sich mit Texten kreativ zu befassen, besteht darin, sie umzuschreiben. Hierbei müsst ihr euch klarmachen, dass ihr, indem ihr einen Text verändert, in ein fertiges, in sich abgeschlossenes Sprachgebilde eingreift, dadurch seine Wirkung möglicherweise in eine andere Richtung lenkt und die Absicht des Autors verändert. Ihr sollt euch auch bewusst machen, was ihr selbst mit dem Umschreiben erreichen wollt, ob ihr beispielsweise eine satirische Wirkung, eine größere Spannung, die Akzentuierung eines bestimmten Handlungspunktes oder die Verdeutlichung eines bestimmten Charakters zu erzielen versucht.

2.1 Sucht eine Schlüsselszene aus einer Kurzgeschichte heraus und bestimmt ihre Erzählperspektive. Versucht die Szene in eine andere Erzählperspektive umzuschreiben. Was müsst ihr verändern? Worauf müsst ihr dabei achten? Welche Wirkung wird mit eurer Änderung erreicht bzw. nicht erreicht?

2.2 Verschafft euch mit Hilfe der Arbeitsbegriffe (Kapitel VII) und anhand von Textbeispielen aus den Kurzgeschichten eine klare Vorstellung von den Begriffen „Außensicht" und „Innensicht". Interessant sind vor allem die erzählerischen Möglichkeiten der Innensicht, z. B. der wörtlichen Rede, des inneren Monologs, der erlebten Rede, der Wiedergabe von Gedanken und Gefühlen durch den Autor.

An Hemingways Kurzgeschichte „Die Killer“ könnt ihr euch klarmachen, was Außensicht eines Erzählvorgangs bedeutet. Diskutiert ausführlich über die Mittel und die Wirkung, die für diese Erzählweise typisch sind.
Versucht Teile der Geschichte so umzuschreiben, dass aus Außensicht Innensicht wird. Welche Teile eignen sich, welche eignen sich nicht zum Umschreiben? Überlegt euch genau, was ihr verändern wollt und wie ihr diese Veränderungen sprachlich realisiert. So denken z. B. George und Sam in den „Killern“, dass jeder Widerstand zwecklos sei. Das könnte durch inneren Monolog ausgedrückt werden. Nachdem ihr das Schreibexperiment beendet habt, solltet ihr ausführlich erläutern, was sich durch den Perspektivenwechsel verändert.

2.3 Theoretisch kann man beim Umschreiben von Kurzgeschichten alle Strukturmerkmale, also auch Raum und Zeit, verändern. Dies lässt sich noch einmal an dem Text „Die Killer“ verdeutlichen. Sicherlich hat Hemingway das Provinznest mit der ironischen Bezeichnung Summit mit Bedacht gewählt. Was würde nun passieren, wenn man stattdessen das Klischee der Straßen von Manhattan wählte? Die Macht des organisierten Verbrechertums erschiene insofern weniger bedrohlich, als es auf fest umrissene Schauplätze beschränkt würde. In Hemingways Kurzgeschichte wird sehr deutlich, dass sich Ole Andreson dieser Gewalt auch in einem unbedeutenden Provinzstädtchen nicht entziehen kann.
Ihr könnt an diesem Beispiel erkennen, dass der Sinn des Umschreibens nicht darin liegen muss, eine „bessere“ Kurzgeschichte zu schreiben, sondern dass der Zweck des Suchens nach Alternativen sich darin erfüllt, dass die Plausibilität der vom Autor gewählten Strukturelemente deutlich wird.

2.4 Interpretation durch Visualisierung
Nehmt an, ihr sollt die in diesem Heft versammelten Kurzgeschichten visualisieren.

a) Einigt euch auf eine Szene aus einer oder mehreren von euch ausgewählten Kurzgeschichten. Sucht aus Illustrierten, Magazinen, fotografischen Kunstbänden etc. solche Bilder heraus, die zu der von euch gewählten Szene passen. Eine solche Szene könnte z. B. das Chaos nach dem Autounfall sein, das in „Blekboint“ von Max Maetz beschrieben wird. Begründet nach der Auswahl, in welchen Punkten sich euer Bild zu der Vorlage fügt. Stellt auch heraus, in welcher Hinsicht sich die erwünschte Annäherung der Bebilderung an die Vorlage nicht erreichen lässt.
b) Einigt euch wiederum auf eine oder mehrere Szenen aus den euch vorliegenden Kurzgeschichten. Entscheidet euch bewusst für eine Art der bildlichen Wiedergabe/Erfassung (Bleistiftskizze, Aquarell, Scherenschnitt etc.). Sucht euch für eure eigenen Gestaltungen Szenen heraus, die ein Schlaglicht auf die gesamte Geschichte werfen, euch zeichnerisch aber nicht über-

fordern. Wir denken beispielsweise an die Tafelaufschrift „Wanderer, kommst du nach Spa..." oder an Jenö inmitten seiner Zigeunersippe auf einem Lastwagen, der ihn in ein KZ deportiert.

Der Sinn dieser Aufgabe ist euch vielleicht schon klar. Das von außen herangetragene Bildmaterial oder die eigenständige bildnerische Darstellung sollen einen Ausschnitt der Vorlage interpretieren. Vielleicht gelingt dies einigen von euch zunächst besser, als sie es mit Worten könnten. Wenn ihr euch für eine Art der Visualisierung entschieden habt, sollt ihr nun aber auch mit Worten interpretieren, indem ihr erläutert, warum ihr gerade diese Entscheidung getroffen habt.

2.5 Das Umschreiben einer Kurzgeschichte, z.B. der Kurzgeschichte „Das Judenauto", in ein Drehbuch für einen Film oder in ein Regiebuch für eine Theateraufführung:

- Klärt, wie viele Bildsequenzen ihr benötigt.
- Gebt genaue Anweisungen für die Raumgestaltung. Wie sollen die Figuren aussehen?
- Wie soll in den einzelnen Sequenzen die Kamera geführt werden: Totale, Halbtotale, Zoom, Froschperspektive, Vogelperspektive?
- Gebt Hinweise zur Beleuchtung der einzelnen Szenen. Sollen die Szenen mit Musik unterlegt werden? Schreibt Dialoge für die einzelnen Szenen.

3 Füllen von Leerstellen

Während beim Umschreiben die gesamte Kurzgeschichte zur Disposition steht, hinterlässt z.B. die Beschreibung der Handlungsweisen von Personen punktuell Leerstellen, die durch ergänzende Arbeitsaufträge gefüllt werden können und das Textverständnis sichern.

Ole Andreson in Hemingways Kurzgeschichte „Die Killer" könnte beispielsweise einen Abschiedsbrief hinterlegen, in dem er darstellt, weshalb er resigniert.

Der Icherzähler in „Ein Freund der Regierung" vertraut seinem Tagebuch die Gefühle und Gedanken an, die ihn angesichts des Schneidezahns in der Papierkugel bewegen.

Versucht weitere Leerstellen in den von euch behandelten Kurzgeschichten zu entdecken und füllt diese Leerstellen durch eigene Textinterpretationen.

III VIEL GELESENE KURZGESCHICHTEN

Wolfdietrich Schnurre Jenö war mein Freund

Als ich Jenö kennen lernte, war ich neun; ich las Edgar Wallace[1] und Conan Doyle[2], war eben sitzen geblieben und züchtete Meerschweinchen.

Jenö traf ich zum ersten Mal auf dem Stadion am Faulen See beim Grasrupfen; er lag unter einem Holunder und sah in den Himmel. Weiter hinten spielten sie Fußball und schrien manchmal „Toooooooor!“ oder so was. Jenö kaute an einem Grashalm; er hatte ein zerrissenes Leinenhemd an und trug eine Manchesterhose, die nach Kokelfeuer und Pferdestall roch.

Ich tat erst, als sähe ich ihn nicht und rupfte um ihn herum; aber dann drehte er doch ein bisschen den Kopf zu mir hin und blinzelte schläfrig und fragte, ich hätte wohl Pferde.

„Nee“, sagte ich, „Meerschweinchen.“

Er schob sich den Grashalm in den anderen Mundwinkel und spuckte aus. „Schmecken nicht schlecht.“

„Ich ess sie nicht“, sagte ich; „dazu sind sie zu nett.“

„Igel“, sagte Jenö und gähnte, „die schmecken auch nicht schlecht.“

Ich setzte mich zu ihm hin. „Igel –?“

„Toooooooor!“, schrien sie hinten.

Jenö sah wieder blinzelnd in den Himmel. Ob ich Tabak hätte.

„Hör mal“, sagte ich; „ich bin doch erst neun.“

„Na und –“, sagte Jenö; „ich bin acht.“

Wir schwiegen und fingen an, uns leiden zu mögen.

Dann musste ich gehen. Doch bevor wir uns trennten, machten wir aus, uns möglichst bald wieder zu treffen.

Vater hatte Bedenken, als ich ihm von Jenö erzählte. „Versteh mich recht“, sagte er, „ich hab nichts gegen Zigeuner; bloß –“

„Bloß –?“, fragte ich.

„Die Leute –“ sagte Vater und seufzte. Er nagte eine Weile an seinen Schnurrbartenden herum. „Unsinn“, sagte er plötzlich; „schließlich bist du jetzt alt genug, um dir deine Bekannten selbst auszusuchen. Kannst ihn ja mal zum Kaffee mit herbringen.“

1 *Edgar Wallace*: engl. Erzähler (1875–1932); schrieb 50 viel gelesene spannende Detektivromane

2 *Conan Doyle*: Arthur Conan Doyle (1859–1930), engl. Erzähler; schuf in Sherlock Holmes eine weltbekannt gewordene Detektivfigur

Das tat ich dann auch. Wir tranken Kaffee und aßen Kuchen zusammen und Vater hielt sich auch wirklich hervorragend. Obwohl Jenö wie ein Wiedehopf[1] roch und sich auch sonst ziemlich seltsam benahm – Vater ging drüber weg. Ja, er machte ihm sogar ein Katapult[2] aus echtem Vierkantgummi und sah sich obendrein noch alle unsere neu erworbenen Konversationslexikonbände[3] mit uns an.

Als Jenö weg war, fehlte das Barometer über dem Schreibtisch.

Ich war sehr bestürzt; Vater gar nicht so sehr.

„Sie haben andere Sitten als wir", sagte er; „es hat ihm eben gefallen. Außerdem hat es sowieso nicht mehr viel getaugt."

„Und was ist", fragte ich, „wenn er es jetzt nicht mehr rausrückt?"

„Gott –", sagte Vater, „früher ist man auch ohne Barometer ausgekommen."

Trotzdem, das mit dem Barometer, fand ich, ging ein bisschen zu weit. Ich nahm mir jedenfalls fest vor, es Jenö wieder abzunehmen.

Aber als wir uns das nächste Mal trafen, hatte Jenö mir ein so herrliches Gegengeschenk mitgebracht, dass es unmöglich war, auf das Barometer zurückzukommen. Es handelte sich um eine Tabakspfeife, in deren Kopf ein Gesicht geschnitzt war, das einen Backenbart aus Pferdehaar trug.

Ich war sehr beschämt und ich überlegte lange, wie ich mich revanchieren könnte. Endlich hatte ich es: Ich würde Jenö zwei Meerschweinchen geben. Es bestand dann zwar die Gefahr, dass er sie aufessen würde, aber das durfte einen jetzt nicht kümmern; Geschenk war Geschenk.

Und er dachte auch gar nicht daran, sie zu essen; er lehrte sie Kunststücke. Innerhalb weniger Wochen liefen sie aufrecht auf zwei Beinen; und wenn Jenö ihnen Rauch in die Ohren blies, legten sie sich hin und überkugelten sich. Auch Schubkarrenschieben und Seiltanzen lehrte er sie. Es war wirklich erstaunlich, was er aus ihnen herausholte; Vater war auch ganz beeindruckt.

Ich hatte damals außer Wallace und Conan Doyle auch gerade die zehn Bände vom Doktor Dolittle[4] durch und das brachte mich auf den Gedanken, mit Jenö zusammen so was wie einen Meerschweinchenzirkus aufzumachen.

Aber diesmal hielt Jenö nicht durch. Schon bei der Vorprüfung der geeigneten Tiere verlor er die Lust. Er wollte lieber auf Igeljagd gehen, das wäre interessanter.

Tatsächlich, das war es. Obwohl – mir war immer ziemlich mulmig dabei. Ich hatte nichts gegen Igel, im Gegenteil, ich fand sie sympathisch. Aber es wäre sinnlos gewesen, Jenö da beeinflussen zu wollen; und das lag mir auch gar nicht.

1 *Wiedehopf*: auffälliger Vogel auf den Viehweiden Europas, wo er den Kot nach Maden und Würmern durchstochert. Seine Jungen verspritzen bei Gefahr einen übel riechenden Saft.

2 *Katapult* (griech.-lat.): Wurfmaschine, Schleuder

3 *Konversationslexikon*: alphabetisch geordnetes Nachschlagewerk über alle Wissensgebiete. Ursprünglich sollte es der Konversation, d. h. der geselligen Unterhaltung dienen.

4 *Doktor Dolittle*: Der angloamerikanische Schriftsteller Hugh Lofting (1886–1947) schrieb die Geschichte von Dr. Dolittle, der die Sprache der Tiere erlernte.

Er hatte sich für die Igeljagd einen handfesten Knüppel besorgt, der unten mit einem rau gefeilten Eisenende versehen war; mit dem stach er in Laubhaufen rein oder stocherte auf Schutthalden unter alten Eimern herum. Er hat so oft bis zu vier Stück an einem Nachmittag harpuniert; keine Ahnung, wie er sie aufspürte; er muss sie gerochen haben, die Burschen.

Jenös Leute hausten in ihren Wohnwagen. Die standen zwischen den Kiefern am Faulen See, gleich hinter dem Stadion. Ich war oft da; viel häufiger als in der Schule, wo man jetzt doch nichts Vernünftiges mehr lernte.

Besonders Jenös Großmutter mochte ich gut leiden. Sie war unglaublich verwahrlost, das stimmt. Aber sie strahlte so viel Würde aus, dass man ganz andächtig wurde in ihrer Nähe. Sie sprach kaum; meist rauchte sie nur schmatzend ihre Stummelpfeife und bewegte zum Takt eines der Lieder, die von den Lagerfeuern erklangen, die Zehen.

Wenn wir abends mit Jenös Beute dann kamen, hockte sie schon immer am Feuer und rührte den Lehmbrei an. In den wurden die Igel jetzt etwa zwei Finger dick eingewickelt. Darauf legte Jenö sie behutsam in die heiße Asche, häufelte einen Glutberg auf über ihnen und wir kauerten uns hin, schwiegen, spuckten ins Feuer und lauschten darauf, wie das Wasser in den Lehmkugeln langsam zu singen anfing. Ringsum hörte man die Maulesel und Pferde an ihren Krippen nagen und manchmal klirrte leise ein Tamburin[1] auf oder mit einer hohen, trockenen Männerstimme zusammen, begann plötzlich hektisch[2] ein Banjo[3] zu schluchzen.

Nach einer halben Stunde waren die Igel gar. Jenö fischte sie mit einer Astgabel aus der Glut. Sie sahen jetzt wie kleine, etwas zu scharf gebackene Landbrote aus; der Lehm war steinhart geworden und hatte Risse bekommen, und wenn man ihn abschlug, blieb der Stachelpelz an ihm haften, und das rostrote Fleisch wurde sichtbar. Man aß grüne Paprikaschoten dazu oder streute rohe Zwiebelkringel darauf; ich kannte nichts, das aufregender schmeckte.

Aber auch bei uns zu Hause war Jenö jetzt oft. Wir sahen uns in Ruhe die sechs Bände unseres neuen Konversationslexikons an; ich riss die Daten der Nationalen Erhebung[4] aus meinem Diarium[5] und schrieb rechts immer ein deutsches Wort hin und links malte Jenö dasselbe Wort auf Rotwelsch[6] daneben. Ich habe damals eine Menge gelernt; von Jenö meine ich, von der Schule rede ich jetzt nicht.

1 *Tamburin*: Handtrommel mit Schellen
2 *hektisch*: fieberhaft, aufgeregt
3 *Banjo*: Gitarre mit 5 bis 9 Saiten; ihr Schallkörper besteht aus einer Trommel
4 *Nationale Erhebung*: der Prozess der Machtergreifung durch die Nationalsozialisten unter Hitler
5 *Diarium*: Tagebuch
6 *Rotwelsch*: Bezeichnung für die überwiegend deutsche Gaunersprache, die auch Wörter aus dem Jiddischen und der Zigeunersprache enthält. Das mhd. ‚rot‘ bedeutet Bettler, ‚welsch‘ steht für die romanischen Sprachen, aber auch für jede unverständliche Sprache.

Später stellte sich auch heraus, es verging kein Tag, an dem die Hausbewohner sich nicht beim Blockwart[1] über Jenös Besuche beschwerten; sogar zur Kreisleitung[2] ist mal einer gelaufen. Weiß der Himmel, wie Vater das jedes Mal abbog; mir hat er nie was davon gesagt.

Am meisten hat sich Jenö aber doch für meine elektrische Eisenbahn interessiert; jedes Mal wenn wir mit ihr gespielt hatten, fehlte ein Waggon mehr. Als er dann aber auch an die Schienenteile, die Schranken und die Signallampen ging, fragte ich doch mal Vater um Rat.

„Lass nur", sagte er; „kriegst eine neue, wenn Geld da ist."

Am nächsten Tag schenkte ich Jenö die alte. Aber merkwürdig, jetzt wollte er sie plötzlich nicht mehr; er war da komisch in dieser Beziehung.

Und dann haben sie sie eines Tages *doch* abgeholt; die ganze Bande; auch Jenö war dabei. Als ich früh hinkam, hatten SA und SS[3] das Lager schon umstellt und alles war abgesperrt und sie scheuchten mich weg.

Jenös Leute standen dicht zusammengedrängt auf einem Lastwagen. Es war nicht herauszubekommen, was man ihnen erzählt hatte, denn sie lachten und schwatzten, und als Jenö mich sah, steckte er zwei Finger in den Mund und pfiff und winkte rüber zu mir.

Bloß seine Großmutter und die übrigen Alten schwiegen; sie hatten die Lippen aufeinandergepresst und sahen starr vor sich hin. Die anderen wussten es nicht. Ich habe es damals auch nicht gewusst; ich war nur traurig, dass Jenö jetzt weg war.

Denn Jenö war mein Freund.

1 *Blockwart*: Dieser überwachte bei den Nationalsozialisten einen Häuserblock bzw. ein Straßenviertel.

2 *Kreisleitung*: Diese Behörde war unter den Nationalsozialisten für einen Kreis oder ein Großstadtgebiet zuständig.

3 *SA und SS*: Nach dem Führerprinzip durchorganisierte Formationen der Nationalsozialisten. (SA = Sturmabteilung, SS = Schutzstaffel). Seit 1921, also schon vor der Machtergreifung, betrieben sie in politischen Versammlungen Propaganda für die nationalsozialistische Weltanschauung und terrorisierten die Bevölkerung.

Heinrich Böll Wanderer, kommst du nach Spa...

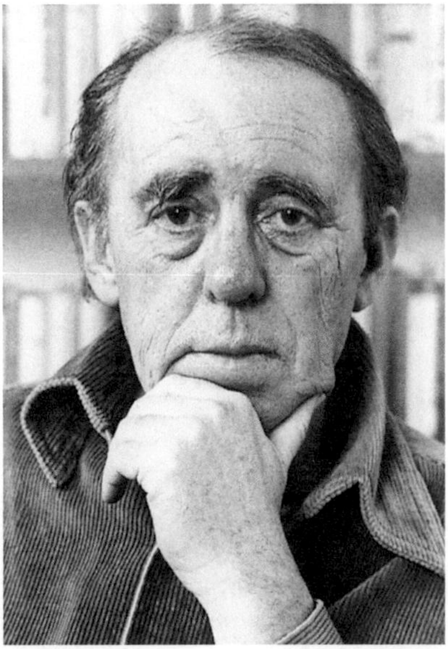

Heinrich Böll (1917–1984) erlebte den Zweiten Weltkrieg von Anfang bis Ende als Soldat. Sein moralisch-politisches Engagement brachte ihn mindestens ebenso in die öffentliche Diskussion wie die literarische Qualität seiner Werke. 1972 wurde Böll der Nobelpreis verliehen „für sein Schaffen, das durch die Verbindung von ungeschminkter Zeitbetrachtung und einfühlsamer Charakterisierungskunst zu einer Erneuerung der deutschen Literatur beigetragen hat".

Eine Reihe von Themen kehrt in den Erzählungen und Romanen Bölls immer wieder: die Wunden, die der 2. Weltkrieg geschlagen hat, und die materielle und seelische Not des Nachkriegsalltags („Wanderer, kommst du nach Spa ..."; Kurzgeschichten, 1950; „Das Brot der frühen Jahre", 1955), die Wohnverhältnisse in den zerbombten Nachkriegsstädten („Und sagte kein einziges Wort", 1953), das Spannungsverhältnis von Gewalt und Ethik in der jüngeren deutschen Geschichte („Billard um halb zehn", 1959), Wohlstandsgesellschaft und Außenseiter („Ansichten eines Clowns", 1963; „Entfernung von der Truppe", 1964), Protest gegen die Verwaltungsmaschinerie („Ende einer Dienstfahrt", 1966), Verweigerungshaltung („Gruppenbild mit Dame", 1971), Formen der Gewalt („Die verlorene Ehre der Katharina Blum", 1974), Auseinandersetzungen mit dem Terrorismus („Fürsorgliche Belagerung", 1979), die Fragwürdigkeit der Entstehung und der öffentlichen Verbreitung politischer Entscheidungen („Frauen vor Flusslandschaft", 1985).

Als der Wagen hielt, brummte der Motor noch eine Weile; draußen wurde irgendwo ein großes Tor aufgerissen, Licht fiel durch das zertrümmerte Fenster in das Innere des Wagens und ich sah jetzt, dass auch die Glühbirne oben an der Decke zerfetzt war; nur ihr Gewinde stak noch in der Schrauböffnung, ein paar flimmernde Drähtchen mit Glasresten. Dann hörte der Motor auf zu brummen und draußen schrie eine Stimme: „Die Toten hierhin, habt ihr Tote dabei?" „Verflucht", rief der Fahrer zurück, „verdunkelt ihr schon nicht mehr?"

„Da nützt kein Verdunkeln mehr, wenn die ganze Stadt wie eine Fackel brennt", schrie die fremde Stimme. „Ob ihr Tote habt, habe ich gefragt?"

„Weiß nicht."

„Die Toten hierhin, hörst du? Und die anderen die Treppe hinauf in den Zeichensaal, verstehst du?"

„Ja ja."

Aber ich war noch nicht tot, ich gehörte zu den anderen und sie trugen mich die Treppe hinauf. Erst ging es in einen langen, schwach beleuchteten Flur, dessen Wände mit grüner Ölfarbe gestrichen waren; krumme, schwarze, altmodische Kleiderhaken waren in die Wände eingelassen und da waren Türen mit Emailleschildchen: VI a und VI b, und zwischen diesen Türen hing, sanft glänzend unter Glas in einem schwarzen Rahmen, die Medea[1] von Feuerbach[2] und blickte in die Ferne; dann kamen Türen mit V a und V b und dazwischen hing ein Bild des Dornausziehers, eine wunderbare rötlich schimmernde Fotografie in braunem Rahmen.

Auch die große Säule in der Mitte vor dem Treppenaufgang war da und hinter ihr, lang und schmal, wunderbar gemacht, eine Nachbildung des Parthenonfrieses[3] in Gips, gelblich schimmernd, echt, antik, und alles kam, wie es kommen musste: der griechische Hoplit[4], bunt und gefährlich, wie ein Hahn sah er aus: gefiedert, und im Treppenhaus selbst, auf dieser Wand, die hier mit gelber Ölfarbe gestrichen war, da hingen sie alle der Reihe nach: vom Großen Kurfürsten[5] bis Hitler …

Und dort, in diesem schmalen kleinen Gang, wo ich endlich wieder für ein paar Schritte gerade auf meiner Bahre lag, da war das besonders schöne, besonders große, besonders bunte Bild des Alten Fritzen[6] mit der himmelblauen Uniform, den strahlenden Augen und dem großen, golden glänzenden Stern auf der Brust.

Wieder lag ich dann schief auf der Bahre und wurde vorbeigetragen an den Rassegesichtern: Da war der nordische Kapitän mit dem Adlerblick und dem dummen Mund, die westische Moselanerin, ein bisschen hager und scharf, der ostische Grinser mit der Zwiebelnase und das lange adamsapfelige Bergfilmprofil; und dann kam wieder ein Flur, wieder lag ich für ein paar Schritte gerade auf meiner Bahre, und bevor die Träger in die zweite Treppe hineinschwenkten, sah ich es noch eben: Das Kriegerdenkmal mit dem großen, goldenen Eisernen Kreuz obendrauf und dem steinernen Lorbeerkranz.

Das ging alles sehr schnell: Ich bin nicht schwer und die Träger rasten. Immerhin: Alles konnte auch Täuschung sein; ich hatte hohes Fieber, hatte überall Schmerzen. Im Kopf, in den Armen und Beinen, und mein Herz schlug wie verrückt; was sieht man nicht alles im Fieber!

1 *Medea*: Als grausame Gestalt der Rache in der griech. Sage ging sie in die Weltliteratur ein.
2 *Feuerbach*: Anselm Feuerbach (1829–1880), Maler; er war der Vollender und Überwinder des Klassizismus in der deutschen Kunst.
3 *Parthenonfries*: Der 1 m hohe Fries mit der bildlichen Darstellung des Parthenäenfestzuges war der Göttin Athene Parthenos (Jungfrau Athene) gewidmet und schmückte die Akropolis in Athen.
4 *Hoplit*: schwer bewaffneter griech. Infanterist
5 *Großer Kurfürst:* Friedrich Wilhelm (1640–1688), genannt der Große Kurfürst, machte Brandenburg-Preußen zu einem zentral regierten und einheitlich verwalteten Staat
6 *der Alte Fritz:* Friedrich II., der Große, (1712–1786), schaffte Preußen internationale Anerkennung; den Beinamen ‚Alter Fritz‘ verdankt er seiner Popularität.

Aber als wir an den Rassegesichtern vorbei waren, kam alles andere: die drei Büsten von Caesar[1], Cicero[2], Marc Aurel[3], brav nebeneinander, wunderbar nachgemacht, ganz gelb und echt, antik und würdig standen sie an der Wand und auch die Hermessäule[4] kam, als wir um die Ecke schwenkten, und ganz hinten im Flur – der Flur war hier rosenrot gestrichen – ganz, ganz hinten im Flur hing die große Zeusfratze[5] über dem Eingang zum Zeichensaal; doch die Zeusfratze war noch weit. Rechts sah ich durch das Fenster den Feuerschein, der ganze Himmel war rot und schwarze, dicke Wolken von Qualm zogen feierlich vorüber ...

Und wieder musste ich links sehen und wieder sah ich Schildchen über den Türen O Ia und O Ib und zwischen den bräunlichen muffigen Türen sah ich nur Nietzsches[6] Schnurrbart und seine Nasenspitze in einem goldenen Rahmen, denn sie hatten die andere Hälfte des Bildes mit einem Zettel überklebt, auf dem zu lesen war: „Leichte Chirurgie" ...

„Wenn jetzt", dachte ich flüchtig ... „Wenn jetzt" ... aber da war es schon: das Bild von Togo[7]: bunt und groß, flach wie ein alter Stich, ein prachtvoller Druck, und vorne, vor den Kolonialhäusern, vor den Negern und dem Soldaten, der da sinnlos mit seinem Gewehr herumstand, vor allem war das große, ganz naturgetreu abgebildete Bündel Bananen: links ein Bündel, rechts ein Bündel und auf der mittleren Banane im rechten Bündel, da war etwas hingekritzelt, ich sah es; ich selbst musste es hingeschrieben haben ...

Aber nun wurde die Tür zum Zeichensaal aufgerissen und ich schwebte unter der Zeusbüste hinein und schloss die Augen. Ich wollte nichts mehr sehen. Der Zeichensaal roch nach Jod, Scheiße, Mull und Tabak und es war laut. Sie setzten mich ab und ich sagte zu den Trägern: „Steck mir 'ne Zigarette in den Mund, links oben in der Tasche."

Ich spürte, wie einer mir an der Tasche herumfummelte, dann zischte ein Streichholz und ich hatte die brennende Zigarette im Mund. Ich zog daran. „Danke", sagte ich.

„Alles das", dachte ich, „ist kein Beweis. Letzten Endes gibt es in jedem Gymnasium einen Zeichensaal, Gänge, in denen krumme, alte Kleiderhaken in grün und gelb gestrichene Wände eingelassen sind; letzten Endes ist es kein Beweis, dass ich in meiner Schule bin, wenn die Medea zwischen VI a und VI b

1 *Caesar*: Gaius Julius Caesar (44–11 v. Chr.); gilt als der bedeutendste Feldherr und Politiker der römischen Geschichte

2 *Cicero*: Marcus Tullius Cicero (106–43 v.Chr.); war der größte römische Redner

3 *Marc Aurel:* Marcus Aurelius (161–180 n. Chr.); röm. Kaiser. Er war ein Philosoph auf dem Kaiserthron, der human und milde regierte.

4 *Hermes*: Götterbote, Gott des Handels

5 *Zeus*: bei den Griechen Vater der Götter und Menschen

6 *Nietzsche:* Friedrich Nietzsche (1844–1900); bedeutender deutscher Altphilologe und Philosoph. Er gab dem Willen (Instinkt, Trieb) Vorrang vor dem Bewusstsein schlechthin.

7 *Togo*: ehemals deutsches Schutzgebiet in Westafrika

hängt und Nietzsches Schnurrbart zwischen O Ia und O Ib. Gewiss gibt es eine Vorschrift, die besagt, dass er da hängen muss. Hausordnung für humanistische Gymnasien in Preußen: Medea zwischen VI a und VI b, Dornauszieher dort, Caesar, Marc Aurel und Cicero im Flur und Nietzsche oben, wo sie schon Philosophie lernen. Parthenonfries, ein buntes Bild von Togo. Dornauszieher und Parthenonfries sind schließlich gute, alte, generationenlang bewährte Schulrequisiten und gewiss bin ich nicht der Einzige, der den Einfall gehabt hat, auf eine Banane zu schreiben: Es lebe Togo. Auch die Witze, die sie in den Schulen machen, sind immer dieselben. Und außerdem besteht die Möglichkeit, dass ich Fieber habe, dass ich träume."

Schmerzen hatte ich jetzt nicht mehr. Im Auto war es noch schlimm gewesen; wenn sie durch die kleinen Schlaglöcher fuhren, schrie ich jedes Mal; da waren die großen Trichter schon besser: Das Auto hob und senkte sich wie ein Schiff in einem Wellental. Aber jetzt schien die Spritze schon zu wirken, die sie mir irgendwo im Dunkeln in den Arm gehauen hatten: Ich hatte gespürt, wie die Nadel sich durch die Haut bohrte und wie es unten am Bein ganz heiß wurde.

„Es kann ja nicht wahr sein", dachte ich, „so viele Kilometer kann das Auto ja gar nicht gefahren sein: fast dreißig. Und außerdem: Du spürst nichts: Kein Gefühl sagt es dir: nur die Augen; kein Gefühl sagt dir, dass du in deiner Schule bist, in deiner Schule, die du vor drei Monaten erst verlassen hast. Acht Jahre sind keine Kleinigkeit, solltest du nach acht Jahren das alles nur mit den Augen erkennen?"

Hinter meinen geschlossenen Lidern sah ich alles noch einmal, wie ein Film lief es ab: unterer Flur, grün gestrichen, Treppe rauf, gelb gestrichen, Kriegerdenkmal, Flur, Treppe rauf, Caesar, Cicero, Marc Aurel ... Hermes, Nietzscheschnurrbart, Togo, Zeusfratze ...

Ich spuckte meine Zigarette aus und schrie; es war immer gut zu schreien; man musste nur laut schreien; schreien war herrlich, ich schrie wie verrückt. Als sich jemand über mich beugte, machte ich immer noch nicht die Augen auf; ich spürte einen fremden Atem, warm und widerlich roch er nach Tabak und Zwiebeln, und eine Stimme fragte ruhig: „Was ist denn?"

„Was zu trinken", sagte ich, „und noch 'ne Zigarette, die Tasche oben."

Wieder fummelte einer an meiner Tasche herum, wieder zischte ein Streichholz und jemand steckte mir 'ne brennende Zigarette in den Mund.

„Wo sind wir?", fragte ich.

„In Bendorf."

„Danke", sagte ich und zog.

Immerhin schien ich wirklich in Bendorf zu sein, zu Hause also, und wenn ich nicht außergewöhnlich hohes Fieber hatte, stand wohl auch fest, dass ich in einem humanistischen Gymnasium war: Eine Schule war es bestimmt. Hatte die Stimme unten nicht geschrieen: „Die anderen in den Zeichensaal!"? Ich war ein anderer, ich lebte, die lebten, waren offenbar die anderen. Der Zeichensaal war also da, und wenn ich richtig hörte, warum sollte ich nicht richtig sehen, und dann stimmte es wohl auch, dass ich Caesar, Cicero und Marc Aurel erkannt hatte, und das konnte nur in einem humanistischen Gymnasium sein; ich glaube nicht, dass sie diese Kerle in den anderen Schulen auf den Fluren an die Wand stellen.

Endlich brachte er mir Wasser: Wieder roch ich den Tabak- und Zwiebelatem aus seinem Gesicht und ich machte, ohne es zu wollen, die Augen auf: Da war ein müdes, altes, unrasiertes Gesicht über einer Feuerwehruniform und eine alte Stimme sagte leise: „Trink, Kamerad."

Ich trank; es war Wasser, aber Wasser ist herrlich; ich spürte den metallenen Geschmack des Kochgeschirrs auf meinen Lippen und es war schön zu spüren, welch eine Menge Wasser noch nachdrängte, aber der Feuerwehrmann riss mir das Kochgeschirr von den Lippen und ging: Ich schrie, aber er wandte sich nicht um, zuckte nur müde die Schultern und ging weiter; einer, der neben mir lag, sagte ruhig: „Hat gar keinen Zweck zu brüllen, sie haben nicht mehr Wasser; die Stadt brennt, du siehst es doch."

Ich sah es durch die Verdunkelung hindurch, es glühte und wummerte hinter den schwarzen Vorhängen, rot hinter schwarz, wie in einem Ofen, auf den man neue Kohlen geschüttet hat. Ich sah es: Ja, die Stadt brannte.

„Wie heißt die Stadt?", fragte ich den, der neben mir lag. „Bendorf", sagte er.

„Danke."

Ich blickte gerade vor mich hin auf die Fensterreihe und manchmal zur Decke. Die Decke war noch tadellos, weiß und glatt, mit einem schmalen klassizistischen[1] Stuckrand; aber sie haben doch in allen Schulen klassizistische Stuckränder an den Decken in den Zeichensälen, wenigstens in den guten, alten humanistischen Gymnasien. Das ist doch klar.

Ich musste mir jetzt zugestehen, dass ich im Zeichensaal eines humanistischen Gymnasiums in Bendorf lag. Bendorf hat drei humanistische Gymnasien: die Schule „Friedrich der Große", die Albertus-Schule und – vielleicht brauche ich es nicht zu erwähnen – aber die letzte, die dritte war die Adolf-Hitler-Schule. Hing nicht in der Schule „Friedrich der Große" das Bild des Alten Fritz besonders bunt, besonders schön, besonders groß im Treppenhaus? Ich war auf dieser Schule gewesen, acht Jahre lang, aber warum konnte nicht in den anderen Schulen dieses Bild genauso an derselben Stelle hängen, so deutlich und auffallend, dass es den Blick fangen musste, wenn man die erste Treppe hinaufstieg?

Draußen hörte ich jetzt die schwere Artillerie schießen. Sonst war es fast ruhig; nur manchmal drang das Fressen der Flammen durch und im Dunklen stürzte irgendwo ein Giebel ein. Die Artillerie schoss ruhig und regelmäßig und ich dachte: Gute Artillerie! Ich weiß, das ist gemein, aber ich dachte es. Mein Gott, wie beruhigend war die Artillerie, wie gemütlich: dunkel und rau, ein sanftes, fast feines Orgeln. Irgendwie vornehm. Ich finde, die Artillerie hat etwas Vornehmes,

1 *klassizistisch*: abgeleitet vom Klassizismus (etwa 1770–1830): der streng symmetrische Stil der Architektur, der sich vor allem an Normen der Antike orientierte

auch wenn sie schießt. Es hört sich so anständig an, richtig nach Krieg in den Bilderbüchern … Dann dachte ich daran, wie viele Namen wohl auf dem Kriegerdenkmal stehen würden, wenn sie es wieder einweihten, mit einem noch größeren goldenen Eisernen Kreuz darauf und einem noch größeren steinernen Lorbeerkranz, und plötzlich wusste ich es: Wenn ich wirklich in meiner alten Schule war, würde mein Name auch darauf stehen, eingehauen in Stein, und im Schulkalender würde hinter meinem Namen stehen – „zog von der Schule ins Feld und fiel für …“

Aber ich wusste noch nicht, wofür, und wusste noch nicht, ob ich in meiner alten Schule war. Ich wollte es jetzt unbedingt herauskriegen. Am Kriegerdenkmal war auch nichts Besonderes gewesen, nichts Auffallendes, es war wie überall, es war ein Konfektionskriegerdenkmal, ja, sie bekamen sie aus irgendeiner Zentrale …

Ich sah mir den Zeichensaal an, aber die Bilder hatten sie abgehängt, und was ist schon an ein paar Bänken zu sehen, die in einer Ecke gestapelt sind, und an den Fenstern, schmal und hoch, viele nebeneinander, damit viel Licht hereinfällt, wie es sich für einen Zeichensaal gehört? Mein Herz sagte mir nichts. Hätte es nicht etwas gesagt, wenn ich in dieser Bude gewesen wäre, wo ich acht Jahre lang Vasen gezeichnet und Schriftzeichen geübt hatte, schlanke, feine, wunderbar nachgemachte römische Glasvasen, die der Zeichenlehrer vorne auf einen Ständer setzte, und Schriften aller Art, Rundschrift, Antiqua, Römisch, Italienne. Ich hatte diese Stunden gehasst wie nichts in der ganzen Schule, ich hatte die Langeweile gefressen stundenlang und niemals hatte ich Vasen zeichnen können oder Schriftzeichen malen. Aber wo waren meine Flüche, wo war mein Hass angesichts dieser dumpf getönten, langweiligen Wände? Nichts sprach in mir und ich schüttelte stumm den Kopf.

Immer wieder hatte ich radiert, den Bleistift gespitzt, radiert … nichts …

Ich wusste nicht genau, wie ich verwundet war; ich wusste nur, dass ich meine Arme nicht bewegen konnte und das rechte Bein nicht, nur das linke ein bisschen; ich dachte, sie hätten mir die Arme an den Leib gewickelt, so fest, dass ich sie nicht bewegen konnte.

Ich spuckte die zweite Zigarette in den Gang zwischen den Strohsäcken und versuchte meine Arme zu bewegen, aber es tat so weh, dass ich schreien musste; ich schrie weiter; es war immer wieder schön zu schreien; ich hatte auch Wut, weil ich die Arme nicht bewegen konnte.

Dann stand der Arzt vor mir; er hatte die Brille abgenommen und blinzelte mich an; er sagte nichts; hinter ihm stand der Feuerwehrmann, der mir das Wasser gegeben hatte. Er flüsterte dem Arzt etwas ins Ohr und der Arzt setzte die Brille auf: Deutlich sah ich seine großen grauen Augen mit den leise zitternden Pupillen hinter den dicken Brillengläsern. Er sah mich lange an, so lange, dass ich wegsehen musste, und er sagte leise: „Augenblick, Sie sind gleich an der Reihe …“

Dann hoben sie den auf, der neben mir lag, und trugen ihn hinter die Tafel; ich blickte ihnen nach: Sie hatten die Tafel auseinandergezogen und quer gestellt und die Lücke zwischen Wand und Tafel mit einem Betttuch zugehängt; dahinter brannte grelles Licht …

Nichts war zu hören, bis das Tuch wieder beiseitegeschlagen und der, der neben mir gelegen hatte, hinausgetragen wurde; mit müden, gleichgültigen Gesichtern schleppten die Träger ihn zur Tür.

Ich schloss wieder die Augen und dachte: „Du musst doch herauskriegen, was du für eine Verwundung hast und ob du in deiner alten Schule bist."

Mir kam das alles so kalt und gleichgültig vor, als hätten sie mich durch das Museum einer Totenstadt getragen, durch eine Welt, die mir ebenso gleichgültig wie fremd war, obwohl meine Augen sie erkannten, nur meine Augen; es konnte doch nicht wahr sein, dass ich vor drei Monaten noch hier gesessen, Vasen gezeichnet und Schriften gemalt hatte, dass ich in den Pausen hinuntergegangen war mit meinem Marmeladenbutterbrot, vorbei an Nietzsche, Hermes, Togo, Caesar, Cicero, Marc Aurel, ganz langsam bis in den Flur unten, wo die Medea hing, dann zum Hausmeister, zu Birgeler, um Milch zu trinken, Milch in diesem dämmerigen kleinen Stübchen, wo man es auch riskieren konnte, eine Zigarette zu rauchen, obwohl es verboten war. Sicher trugen sie den, der neben mir gelegen hatte, unten hin, wo die Toten lagen, vielleicht lagen die Toten in Birgelers grauem kleinem Stübchen, wo es nach warmer Milch roch, nach Staub und Birgelers schlechtem Tabak …

Endlich kamen die Träger wieder herein und jetzt hoben sie mich auf und trugen mich hinter die Tafel. Ich schwebte wieder, jetzt an der Tür vorbei, und im Vorbeischweben sah ich, dass auch das stimmte: Über der Tür hatte einmal ein Kreuz gehangen, als die Schule noch Thomas-Schule[1] hieß, und damals hatten sie das Kreuz weggemacht, aber da blieb ein frischer dunkelgelber Flecken an der Wand, kreuzförmig, hart und klar, der fast noch deutlicher zu sehen war als das alte, schwache, kleine Kreuz selbst, das sie abgehangen hatten; sauber und schön blieb das Kreuzzeichen auf der verschossenen Tünche der Wand. Damals hatten sie aus Wut die ganze Wand neu gepinselt, aber es hatte nichts genützt: Der Anstreicher hatte den Ton nicht richtig getroffen: Das Kreuz blieb da, bräunlich und deutlich, aber die ganze Wand war rosa. Sie hatten geschimpft, aber es hatte nichts genützt: Das Kreuz blieb da, braun und deutlich auf dem Rosa der Wand, und ich glaube, ihr Etat für Farbe war erschöpft und sie konnten nichts machen. Das Kreuz war noch da, und wenn man genau hinsah, konnte man sogar noch eine deutliche Schrägspur über dem rechten Balken sehen, wo jahrelang der Buchsbaumzweig gehangen hatte, den der Hausmeister Birgeler dorthinter klemmte, als es noch erlaubt war, Kreuze in die Schulen zu hängen …

Das alles fiel mir in der kleinen Sekunde ein, als ich an der Tür vorbeigetragen wurde hinter die Tafel, wo das grelle Licht brannte.

1 *Thomas-Schule*: Benennung nach Thomas von Aquino (1225–1274), bedeutender Theologe und Philosoph des Mittelalters

Ich lag auf dem Operationstisch und sah mich selbst ganz deutlich, aber sehr klein, zusammengeschrumpft, oben in dem klaren Glas der Glühbirne, winzig und weiß, ein schmales, mullfarbenes Paketchen wie ein außergewöhnlich subtiler[1] Embryo[2]: Das war also ich da oben.

Der Arzt drehte mir den Rücken zu und stand an einem Tisch, wo er in Instrumenten herumkramte; breit und alt stand der Feuerwehrmann vor der Tafel und lächelte mich an; er lächelte müde und traurig und sein bärtiges, schmutziges Gesicht war wie das Gesicht eines Schlafenden; an seiner Schulter vorbei auf der schmierigen Rückseite der Tafel sah ich etwas, was mich zum ersten Male, seitdem ich in diesem Totenhaus war, mein Herz spüren machte: Irgendwo in einer geheimen Kammer meines Herzens erschrak ich tief und schrecklich und es fing heftig an zu schlagen: Da war meine Handschrift an der Tafel. Oben in der obersten Zeile. Ich kenne meine Handschrift: Es ist schlimmer, als wenn man sich im Spiegel sieht, viel deutlicher, und ich hatte keine Möglichkeit, die Identität meiner Handschrift zu bezweifeln. Alles andere war kein Beweis gewesen, weder Medea noch Nietzsche, nicht das dinarische[3] Bergfilmprofil noch die Banane aus Togo und nicht einmal das Kreuzzeichen über der Tür: Das alles war in allen Schulen dasselbe, aber ich glaube nicht, dass sie in anderen Schulen mit meiner Handschrift an die Tafel schreiben. Da stand er noch, der Spruch, den wir damals hatten schreiben müssen, in diesem verzweifelten Leben, das erst drei Monate zurücklag: Wanderer, kommst du nach Spa…[4]

Oh, ich weiß, die Tafel war zu kurz gewesen und der Zeichenlehrer hatte geschimpft, dass ich nicht richtig eingeteilt hatte, die Schrift zu groß gewählt, und er selbst hatte es kopfschüttelnd in der gleichen Größe daruntergeschrieben: Wanderer, kommst du nach Spa…

Siebenmal stand es da: in meiner Schrift, in Antiqua, Fraktur, Kursiv, Römisch, Italienne und Rundschrift; siebenmal deutlich und unerbittlich: Wanderer, kommst du nach Spa…

Der Feuerwehrmann war jetzt beiseitegetreten auf einen leisen Ruf des Arztes hin, so sah ich den ganzen Spruch, der nur ein bisschen verstümmelt war, weil ich die Schrift zu groß gewählt hatte, der Punkte zu viele.

Ich zuckte hoch, als ich einen Stich in den linken Oberschenkel spürte, ich wollte mich aufstützen, aber ich konnte es nicht: Ich blickte an mir herab und nun sah ich es: Sie hatten mich ausgewickelt und ich hatte keine Arme mehr, auch kein rechtes Bein mehr und ich fiel ganz plötzlich nach hinten, weil ich mich nicht auf-

1 *subtil*: hier feingliedrig

2 *Embryo*: der Keimling eines Lebewesens während der Entwicklung im mütterlichen Körper

3 *dinarisch*: der dinarischen Rasse angehörend, die nach den Dinarischen Alpen benannt ist

4 *„Wanderer, kommst du nach Sparta, verkündige dorten, du habest uns hier liegen gesehn, wie das Gesetz es befahl.“* Diese zwei Zeilen schrieb Simonides für die bei den Thermopylen im Krieg gegen die Perser gefallenen Spartaner.

stützen konnte; ich schrie; der Arzt und der Feuerwehrmann blickten mich entsetzt an, aber der Arzt zuckte nur die Schultern und drückte weiter auf den Kolben seiner Spritze, der langsam und ruhig nach unten sank; ich wollte wieder auf die Tafel blicken, aber der Feuerwehrmann stand nun ganz nah neben mir und verdeckte sie; er hielt mich an den Schultern fest und ich roch nur den brandigen, schmutzigen Geruch seiner verschmierten Uniform, sah nur sein müdes, trauriges Gesicht und nun erkannte ich ihn: Es war Birgeler.

„Milch", sagte ich leise ...

M.S.

Siegfried Lenz Ein Freund der Regierung

Siegfried Lenz wurde 1926 in Lyck in Ostpreußen geboren. Er lebt heute als freier Schriftsteller in Hamburg. Lenz war Mitglied der Gruppe 47 (vgl. S. 46) und wurde als Autor von Romanen, Erzählungen und Kurzgeschichten berühmt; daneben schrieb er auch Hörspiele und Dramen. Es gelang ihm insbesondere, seinen Lesern die Traditionen und Lebensformen Ostpreußens nahezubringen („So zärtlich war Suleyken", 1955; „Der Geist der Mirabelle, Geschichten aus Bollerup", 1975). Sein erster Roman „Es waren Habichte in der Luft" (1951) handelt von Gewissenskonflikten unter den Bedingungen einer Diktatur. Die folgenden Romane „Duell der Schatten" (1953), „Der Mann im Strom" (1957) und „Brot und Spiele" (1959) thematisieren die Einsamkeit einzelner moderner Menschen, die unter den Normen einer Leistungsgesellschaft leiden. Der auch für das Fernsehen bearbeitete Roman „Die Deutschstunde" (1968) unternimmt den Versuch, nationalsozialistische Vergangenheit aufzuarbeiten.

Anklang bei der Kritik wegen der unaufdringlichen Erzählkunst fanden die individuelle und soziale Probleme behandelnden Geschichten in „Einstein überquert die Elbe bei Hamburg" (1975). Die in dem Sammelband „Das Feuerschiff" (1960) veröffentlichte Erzählung „Ein Freund der Regierung" wurde ein anerkannter „Klassiker" unter den Kurzgeschichten.

Zu einem Wochenende luden sie Journalisten ein, um ihnen an Ort und Stelle zu zeigen, wie viele Freunde die Regierung hatte. Sie wollten uns beweisen, daß alles, was über das unruhige Gebiet geschrieben wurde, nicht zutraf: die Folterungen nicht, die Armut und vor allem nicht das wütende Verlangen nach Unabhängigkeit. So luden sie uns sehr höflich ein, und ein sehr höflicher, tadellos gekleideter Beamter empfing uns hinter der Oper und führte uns zum Regierungsbus. Es war ein neuer Bus; ein Geruch von Lack und Leder umfing uns, leise Radiomusik, und als der Bus anfuhr, nahm der Beamte ein Mikrofon aus der Halterung, kratzte mit dem Fingernagel über den silbernen Verkleidungsdraht und hieß uns noch einmal mit sanfter Stimme willkommen. Bescheiden nannte er seinen Namen – „ich heiße Garek", sagt er –; dann wies er uns auf die Schönheiten der Hauptstadt hin, nannte Namen und Anzahl der Parks, erklärte uns die Bauweise der Mustersiedlung, die auf einem kalkigen Hügel lag, blendend unter dem frühen Licht.

Hinter der Hauptstadt gabelte sich die Straße; wir verloren die Nähe des Meers und fuhren ins Land hinein, vorbei an steinübersäten Feldern, an braunen Hängen; wir fuhren zu einer Schlucht und auf dem Grunde der Schlucht bis zur Brücke, die über ein ausgetrocknetes Flußbett führte. Auf der Brücke stand ein junger Soldat, der mit einer Art lässiger Zärtlichkeit eine handliche Maschinenpistole trug und uns fröhlich zuwinkte, als wir an ihm vorbei über die Brücke fuhren. Auch im ausgetrockneten Flußbett, zwischen den weißgewaschenen Kieseln, standen zwei junge Soldaten, und Garek sagte, daß wir durch ein sehr beliebtes Übungsgebiet führen.

Serpentinen hinauf, über eine heiße Ebene, und durch die geöffneten Seitenfenster drang feiner Kalkstaub ein, brannte in den Augen; Kalkgeschmack lag auf den Lippen. Wir zogen die Jacketts aus. Nur Garek behielt sein Jackett an; er hielt immer noch das Mikrofon in der Hand und erläuterte mit sanfter Stimme die Kultivierungspläne, die sie in der Regierung für dieses tote Land ausgearbeitet hatten. Ich sah, daß mein Nebenmann die Augen geschlossen, den Kopf zurückgelegt hatte; seine Lippen waren trocken und kalkblaß, die Adern der Hände, die auf dem vernickelten Metallgriff lagen, traten bläulich hervor. Ich wollte ihn in die Seiten stoßen, denn mitunter traf uns ein Blick aus dem Rückspiegel, Gareks melancholischer Blick, doch während ich es noch überlegte, stand Garek auf, kam lächelnd über den schmalen Gang nach hinten und verteilte Strohhalme und eiskalte Getränke in gewachsten Papptüten.

Gegen Mittag fuhren wir durch ein Dorf; die Fenster waren mit Kistenholz vernagelt, die schäbigen Zäune aus trockenem Astwerk löcherig, vom Wind der Ebene auseinandergedrückt. Auf den flachen Dächern hing keine Wäsche zum Trocknen. Der Brunnen war abgedeckt; kein Hundegebell verfolgte uns, und nirgendwo erschien ein Gesicht. Der Bus fuhr mit unverminderter Geschwindigkeit vorbei, eine graue Fahne von Kalkstaub hinter sich herziehend, grau wie eine Fahne der Resignation.

Wieder kam Garek über den schmalen Gang nach hinten, verteilte Sandwiches, ermunterte uns höflich und versprach, daß es nicht mehr allzulange dauern würde, bis wir unser Ziel erreicht hätten. Das Land wurde hügelig, rostrot; es war jetzt von großen Steinen bedeckt, zwischen denen kleine farblose Büsche wuchsen. Die Straße senkte sich, wir fuhren durch einen tunnelartigen Einschnitt. Die Halbrundungen der Sprenglöcher warfen schräge Schatten auf die zerrissenen Felswände. Eine harte Glut schlug in das Innere des Busses. Und dann öffnete sich die Straße, und wir sahen das von einem Fluß zerschnittene Tal und das Dorf neben dem Fluß.

Garek gab uns ein Zeichen, Ankündigung und Aufforderung; wir zogen die Jacketts an, und der Bus fuhr langsamer und hielt auf einem lehmig verkrusteten Platz, vor einer sauber gekalkten Hütte. Der Kalk blendete so stark, daß beim Aussteigen die Augen schmerzten. Wir traten in den Schatten des Busses, wir schnippten die Zigaretten fort. Wir blickten aus zusammengekniffenen Augen auf die Hütte und warteten auf Garek, der in ihr verschwunden war.

Es dauerte einige Minuten, bis er zurückkam, aber er kam zurück und er brachte einen Mann mit, den keiner von uns je zuvor gesehen hatte.

„Das ist Bela Bonzo“, sagte Garek und wies auf den Mann: „Herr Bonzo war gerade bei einer Hausarbeit, doch er ist bereit, Ihnen auf alle Fragen zu antworten.“

Wir blickten freimütig auf Bonzo, der unsere Blicke ertrug, indem er sein Gesicht leicht senkte. Er hatte ein altes Gesicht, staubgrau; scharfe, schwärzliche Falten liefen über seinen Nacken; seine Oberlippe war geschwollen. Bonzo, der gerade bei einer Hausarbeit überrascht worden war, war sauber gekämmt, und die verkrusteten Blutspuren an seinem alten, mageren Hals zeugten von einer heftigen und sorgfältigen Rasur. Er trug ein frisches Baumwollhemd, Baumwollhosen, die zu kurz waren und kaum bis zu den Knöcheln reichten; seine Füße steckten in neuen, gelblichen Rohlederstiefeln, wie Rekruten sie bei der Ausbildung tragen.

Wir begrüßten Bela Bonzo, jeder von uns gab ihm die Hand, dann nickte er und führte uns in sein Haus. Er lud uns ein voranzugehen, wir traten in eine kühle Diele, in der uns eine alte Frau erwartete; ihr Gesicht war nicht zu erkennen, nur ihr Kopftuch leuchtete in dem dämmrigen Licht. Die Alte bot uns faustgroße, fremde Früchte an, die Früchte hatten ein saftiges Fleisch, das rötlich schimmerte, so daß ich am Anfang das Gefühl hatte, in eine frische Wunde zu beißen.

Wir gingen wieder auf den lehmigen Platz hinaus. Neben dem Bus standen jetzt barfüßige Kinder; sie beobachteten Bonzo mit unerträglicher Aufmerksamkeit, und dabei rührten sie sich nicht und sprachen nicht miteinander. Nie trafen ihre Blicke einen von uns. Bonzo schmunzelte in rätselhafter Zufriedenheit.

„Haben Sie keine Kinder?“, fragte Pottgießer.

Es war die erste Frage, und Bonzo sagte schmunzelnd: „Doch, doch, ich hatte einen Sohn. Wir versuchen gerade, ihn zu vergessen. Er hat sich gegen die Regierung aufgelehnt. Er war faul, hat nie etwas getaugt, und um etwas zu werden, ging er zu den Saboteuren[1], die überall für Unruhe sorgen. Sie kämpfen gegen die Regierung, weil sie glauben, es besser machen zu können.“ Bonzo sagte es entschieden, mit leiser Eindringlichkeit; während er sprach, sah ich, daß ihm die Schneidezähne fehlten.

„Vielleicht würden sie es besser machen“, sagte Pottgießer. Garek lächelte vergnügt, als er diese Frage hörte, und Bonzo sagte:

„Alle Regierungen gleichen sich darin, daß man sie ertragen muß, die einen leichter, die andern schwerer. Diese Regierung kennen wir, von der anderen kennen wir nur die Versprechungen.“

Die Kinder tauschten einen langen Blick.

„Immerhin ist das größte Versprechen die Unabhängigkeit“, sagte Bleiguth.

1 *Saboteur* (frz.): leistet planmäßigen Widerstand durch Beeinträchtigung wirtschaftlicher Produktionsabläufe (z. B. durch Zerstörung von Betriebseinrichtungen) oder militärischer Operationen

„Die Unabhängigkeit kann man nicht essen“, sagte Bonzo schmunzelnd. „Was nützt uns die Unabhängigkeit, wenn das Land verarmt. Diese Regierung aber hat unsern Export gesichert. Sie hat dafür gesorgt, daß Straßen, Krankenhäuser und Schulen gebaut wurden. Sie hat das Land kultiviert und wird es noch mehr kultivieren. Außerdem hat sie uns das Wahlrecht gegeben.“

Eine Bewegung ging durch die Kinder, sie faßten sich bei den Händen und traten unwillkürlich einen Schritt vor. Bonzo senkte das Gesicht, schmunzelte in seiner rätselhaften Zufriedenheit, und als er das Gesicht wieder hob, suchte er mit seinem Blick Garek, der bescheiden hinter uns stand.

„Schließlich“, sagte Bonzo, ohne gefragt worden zu sein, „gehört zur Unabhängigkeit auch eine gewisse Reife. Wahrscheinlich könnten wir gar nichts anfangen mit der Unabhängigkeit. Auch für Völker gibt es ein Alter, in dem sie mündig werden: Wir haben dieses Alter noch nicht erreicht. Und ich bin ein Freund dieser Regierung, weil sie uns in unserer Unmündigkeit nicht im Stich läßt. Ich bin ihr dankbar dafür, wenn Sie es genau wissen wollen.“

Garek entfernte sich zum Bus, Bonzo beobachtete ihn aufmerksam, wartete, bis die schwere Bustür zufiel und wir allein dastanden auf dem trockenen, lehmigen Platz. Wir waren unter uns und Finke vom Rundfunk wandte sich mit einer schnellen Frage an Bonzo: „Wie ist es wirklich? Rasch, wir sind allein.“ Bonzo schluckte, sah Finke mit einem Ausdruck von Verwunderung und Befremden an und sagte langsam: „Ich habe Ihre Frage nicht verstanden.“

„Jetzt können wir offen sprechen“, sagte Finke hastig.

„Offen sprechen“, wiederholte Bonzo bedächtig und schmunzelte breit, so daß seine Zahnlücken sichtbar wurden.

„Was ich gesagt habe, ist offen genug: Wir sind Freunde dieser Regierung, meine Frau und ich; denn alles, was wir sind und erreicht haben, haben wir mit ihrer Hilfe erreicht. Dafür sind wir ihr dankbar. Sie wissen, wie selten es vorkommt, daß man einer Regierung für irgend was dankbar sein kann – wir sind dankbar. Und auch mein Nachbar ist dankbar, ebenso wie die Kinder dort und jedes Wesen im Dorf. Klopfen Sie an jede Tür, Sie werden überall erfahren, wie dankbar wir der Regierung sind.“

Plötzlich trat Gum, ein junger, blasser Journalist, auf Bonzo zu und flüsterte: „Ich habe zuverlässige Nachricht, daß Ihr Sohn gefangen und in einem Gefängnis der Hauptstadt gefoltert wurde. Was sagen Sie dazu?“

Bonzo schloß die Augen, Kalkstaub lag auf seinen Lidern; schmunzelnd antwortete er: „Ich habe keinen Sohn, und darum kann er nicht gefoltert worden sein. Wir sind Freunde der Regierung, hören Sie? Ich bin ein Freund der Regierung.“

Er zündete sich eine selbstgedrehte, krumme Zigarette an, inhalierte heftig und sah zur Bustür hinüber, die jetzt geöffnet wurde. Garek kam zurück und erkundigte sich nach dem Stand des Gesprächs. Bonzo wippte, indem er die Füße von den Hacken über die Zehenballen abrollen ließ. Er sah aufrichtig erleichtert aus, als Garek wieder zu uns trat, und er beantwortete unsere weiteren Fragen scherzhaft und ausführlich, wobei er die Luft mitunter zischend durch die vorderen Zahnlücken entweichen ließ.

Als ein Mann mit einer Sense vorüberging, rief Bonzo ihn an; der Mann kam mit schleppendem Schritt heran, nahm die Sense von der Schulter und hörte aus Bonzos Mund die Fragen, die wir zunächst ihm gestellt hatten. Der Mann schüttelte unwillig den Kopf: Er war ein leidenschaftlicher Freund der Regierung und jedes seiner Bekenntnisse quittierte Bonzo mit stillen Triumph. Schließlich reichten sich die Männer in unserer Gegenwart die Hand, wie um ihre gemeinsame Verbundenheit mit der Regierung zu besiegeln.

Auch wir verabschiedeten uns, jeder von uns gab Bonzo die Hand – ich zuletzt; doch als ich seine rauhe, aufgesprungene Hand nahm, spürte ich eine Papierkugel zwischen unseren Handflächen. Ich zog sie langsam, mit gekrümmten Fingern ab, ging zurück und schob die Papierkugel in die Tasche. Bela Bonzo stand da und rauchte in schnellen, kurzen Stößen; er rief seine Frau heraus, und sie, Bonzo und der Mann mit der Sense beobachteten den abfahrenden Bus, während die Kinder einen mit Steinen und jenen farblosen kleinen Büschen bedeckten Hügel hinaufstiegen.

Wir fuhren nicht denselben Weg zurück, sondern überquerten die heiße Ebene, bis wir auf einen Eisenbahndamm stießen, neben dem ein Weg aus Sand und Schotter lief. Während dieser Fahrt hielt ich eine Hand in der Tasche und in der Hand die kleine Papierkugel, die einen so harten Kern hatte, daß die Fingernägel nicht hineinschneiden konnten, so sehr ich auch drückte. Ich wagte nicht, die Papierkugel herauszunehmen, denn von Zeit zu Zeit erreichte uns Gareks melancholischer Blick aus dem Rückspiegel. Ein schreckhafter Schatten flitzte über uns hinweg und über das tote Land; dann erst hörten wir das Propellergeräusch und sahen das Flugzeug, das niedrig über den Eisenbahndamm flog in Richtung zur Hauptstadt, kehrtmachte am Horizont, wieder über uns hinwegbrauste und uns nicht mehr allein ließ.

Ich dachte an Bela Bonzo, hielt die Papierkugel mit dem harten Kern in der Hand, und ich fühlte, wie die Innenfläche meiner Hand feucht wurde. Ein Gegenstand erschien am Ende des Bahndamms und kam näher, und jetzt erkannten wir, daß es ein Schienenauto war, auf dem junge Soldaten saßen. Sie winkten freundlich mit ihren Maschinenpistolen zu uns herüber. Vorsichtig zog ich die Papierkugel heraus, sah sie jedoch nicht an, sondern schob sie schnell in die kleine Uhrtasche, die einzige Tasche, die ich zuknöpfen konnte. Und wieder dachte ich an Bela Bonzo, den Freund der Regierung: Noch einmal sah ich seine gelblichen Rohlederstiefel, die träumerische Zufriedenheit seines Gesichts und die schwarzen Zahnlücken, wenn er zu sprechen begann. Niemand von uns zweifelte daran, daß wir in ihm einen aufrichtigen Freund der Regierung getroffen hatten.

Am Meer entlang fuhren wir in die Hauptstadt zurück; der Wind brachte das ziehende Kußgeräusch des Wassers herüber, das gegen die unterspülten Felsen schlug. An der Oper stiegen wir aus, höflich verabschiedet von Garek. Allein ging ich ins Hotel zurück, fuhr mit dem Lift in mein Zimmer hinauf, und auf der Toilette öffnete ich die Papierkugel, die der Freund der Regierung mir heimlich anvertraut hatte: Sie war unbeschrieben, kein Zeichen, kein Wort, doch eingewickelt lag im Papier ein von bräunlichen Nikotinspuren bezogener Schneidezahn. Es war ein menschlicher, angesplitterter Zahn, und ich wußte, wem er gehört hatte.

(Der Text ist nicht rechtschreibreformiert.)

IV METHODEN DER INTERPRETATION

1 Die werkimmanente Interpretation

Ilse Aichinger Spiegelgeschichte

Ilse Aichinger wurde 1921 in Wien geboren. Heute lebt die Autorin bei Salzburg. Ilse Aichinger, die 1952 den Literaturpreis der Gruppe 47 (vgl. S. 46) erhielt, wurde vor allem durch ihren Stil bekannt. Schon die 1948 geschriebene „Spiegelgeschichte" unterscheidet sich in Wortwahl und Stil von der um diese Zeit erschienenen Kahlschlagliteratur (vgl. S. 26). Während andere Autoren der sog. Trümmerjahre, z.B. Schnurre, damals eine karge Sprache mit stakkatoartigem Satzbau bevorzugten, bekennt sich Aichinger zu einer gefühlvolleren, teilweise metaphorischen Sprache. Desungeachtet bezweifelt Aichinger mit ihrer Sprachskepsis die Macht der Worte. Das erklärt auch, dass sie sich später für eine Prosa entscheidet, die durch den Verzicht auf logisch zu deutende Inhalte Vertrautes verfremden soll. Der Sammelband „Schlechte Wörter" (1976) deutet bereits im Titel Aichingers sprachskeptische Haltung an.

Die preisgekrönte „Spiegelgeschichte" erschien 1954 in dem Sammelband „Wo ich wohne".

Wenn einer dein Bett aus dem Saal schiebt, wenn du siehst, dass der Himmel grün wird, und wenn du dem Vikar die Leichenrede ersparen willst, so ist es Zeit für dich aufzustehen, leise, wie Kinder aufstehen, wenn am Morgen Licht durch die Läden schimmert, heimlich, dass es die Schwester nicht sieht – und schnell!

Aber da hat er schon begonnen, der Vikar, da hörst du seine Stimme, jung und eifrig und unaufhaltsam, da hörst du ihn schon reden. Lass es geschehen! Lass seine guten Worte untertauchen in dem blinden Regen. Dein Grab ist offen. Lass seine schnelle Zuversicht erst hilflos werden, dass ihr geholfen wird. Wenn du ihn lässt, wird er am Ende nicht mehr wissen, ob er schon begonnen hat. Und weil er es nicht weiß, gibt er den Trägern das Zeichen. Und die Träger fragen nicht viel und holen deinen Sarg wieder herauf. Und sie nehmen den Kranz vom Deckel und geben ihn dem jungen Mann zurück, der mit gesenktem Kopf am Rand des Grabes steht. Der junge Mann nimmt seinen Kranz und streicht verlegen alle Bänder glatt, er hebt für einen Augenblick die Stirne und da wirft ihm der Regen ein paar Tränen über die Wangen. Dann bewegt sich der Zug die Mauern entlang wieder zurück. Die Kerzen in der kleinen, hässlichen Kapelle werden noch einmal angezündet und der Vikar sagt die Totengebete, damit du leben kannst. Er schüttelt dem jungen Mann heftig die Hand und wünscht ihm vor Verlegenheit viel Glück. Es ist sein erstes Begräbnis und er errötet bis zum Hals hinunter. Und ehe er sich verbessern kann, ist auch der junge Mann verschwunden. Was bleibt jetzt zu tun? Wenn einer einem Trauernden viel Glück gewünscht hat, bleibt ihm nichts übrig, als den Toten wieder heimzuschicken.

Gleich darauf fährt der Wagen mit deinem Sarg die lange Straße wieder hinauf. Links und rechts sind Häuser und an allen Fenstern stehen gelbe Narzissen, wie sie ja auch in alle Kränze gewunden sind, dagegen ist nichts zu machen. Kinder pressen ihre Gesichter an die verschlossenen Scheiben, es regnet, aber eins davon wird trotzdem aus der Haustür laufen. Es hängt sich hinten an den Leichenwagen, wird abgeworfen und bleibt zurück. Das Kind legt beide Hände über die Augen und schaut euch böse nach. Wo soll denn eins sich aufschwingen, solang es auf der Friedhofsstraße wohnt?

Dein Wagen wartet an der Kreuzung auf das grüne Licht. Es regnet schwächer. Die Tropfen tanzen auf dem Wagendach. Das Heu riecht aus der Ferne. Die Straßen sind frisch getauft und der Himmel legt seine Hand auf alle Dächer. Dein Wagen fährt aus reiner Höflichkeit ein Stück neben der Trambahn her. Zwei kleine Jungen am Straßenrand wetten um ihre Ehre. Aber der auf die Trambahn gesetzt hat, wird verlieren. Du hättest ihn warnen können, aber um dieser Ehre willen ist noch keiner aus dem Sarg gestiegen.

Sei geduldig. Es ist ja Frühsommer. Da reicht der Morgen noch lange in die Nacht hinein. Ihr kommt zurecht. Bevor es dunkel wird und alle Kinder von den Straßenrändern verschwunden sind, biegt auch der Wagen schon in den Spitalshof ein, ein Streifen Mond fällt zugleich in die Einfahrt. Gleich kommen die Männer und heben deinen Sarg vom Leichenwagen. Und der Leichenwagen fährt fröhlich nach Hause.

Sie tragen deinen Sarg durch die zweite Einfahrt über den Hof in die Leichenhalle. Dort wartet der leere Sockel schwarz und schief und erhöht und sie setzen den Sarg darauf und öffnen ihn wieder und einer von ihnen flucht, weil die Nägel zu fest eingeschlagen sind. Diese verdammte Gründlichkeit!

Gleich darauf kommt auch der junge Mann und bringt den Kranz zurück, es war schon hohe Zeit. Die Männer ordnen die Schleifen und legen ihn vorne hin, da kannst du ruhig sein, der Kranz liegt gut. Bis morgen sind die welken Blüten frisch und schließen sich zu Knospen. Die Nacht über bleibst du allein, das Kreuz zwischen den Händen, und auch den Tag über wirst du viel Ruhe haben. Du wirst es später lange nicht mehr fertigbringen, so still zu liegen.

Am nächsten Tag kommt der junge Mann wieder. Und weil der Regen ihm keine Tränen gibt, starrt er ins Leere und dreht die Mütze zwischen seinen Fingern. Erst bevor sie den Sarg wieder auf das Brett heben, schlägt er die Hände vor das Gesicht. Er weint. Du bleibst nicht länger in der Leichenhalle. Warum weint er? Der Sargdeckel liegt nur mehr lose und es ist heller Morgen. Die Spatzen schreien fröhlich. Sie wissen nicht, dass es verboten ist, die Toten zu erwecken. Der junge Mann geht vor deinem Sarg her, als stünden Gläser zwischen seinen Schritten. Der Wind ist kühl und verspielt, ein unmündiges Kind.

Sie tragen dich ins Haus und die Stiegen hinauf. Du wirst aus dem Sarg gehoben. Dein Bett ist frisch gerichtet. Der junge Mann starrt durch das Fenster in den Hof hinunter, da paaren sich zwei Tauben und gurren laut, geekelt wendet er sich ab.

Und da haben sie dich schon in das Bett zurückgelegt. Und sie haben dir das Tuch wieder um den Mund gebunden und das Tuch macht dich so fremd. Der Mann beginnt zu schreien und wirft sich über dich. Sie führen ihn sachte weg. „Bewahret Ruhe!“ steht an allen Wänden, die Krankenhäuser sind zurzeit überfüllt, die Toten dürfen nicht zu früh erwachen.

Vom Hafen heulen die Schiffe. Zur Abfahrt oder zur Ankunft? Wer soll das wissen? Still! Bewahret Ruhe! Erweckt die Toten nicht, bevor es Zeit ist, die Toten haben einen leisen Schlaf. Doch die Schiffe heulen weiter. Und ein wenig später werden sie dir das Tuch vom Kopf nehmen müssen, ob sie es wollen oder nicht. Und sie werden dich waschen und deine Hemden wechseln und einer von ihnen wird sich schnell über dein Herz beugen, schnell, solang du noch tot bist. Es ist nicht mehr viel Zeit und daran sind die Schiffe schuld. Der Morgen wird schon dunkler. Sie öffnen deine Augen und die funkeln weiß. Sie sagen jetzt auch nichts mehr davon, dass du friedlich aussiehst, dem Himmel sei Dank dafür, es erstirbt ihnen im Mund. Warte noch! Gleich sind sie gegangen. Keiner will Zeuge sein, denn dafür wird man heute noch verbrannt.

Sie lassen dich allein. So allein lassen sie dich, dass du die Augen aufschlägst und den grünen Himmel siehst, so allein lassen sie dich, dass du zu atmen beginnst, schwer und röchelnd und tief, rasselnd wie eine Ankerkette, wenn sie sich löst. Du bäumst dich auf und schreist nach deiner Mutter. Wie grün der Himmel ist!

„Die Fieberträume lassen nach“, sagt eine Stimme hinter dir, „der Todeskampf beginnt!“

Ach die! Was wissen die?

Geh jetzt! Jetzt ist der Augenblick! Alle sind weggerufen. Geh, eh sie wiederkommen und eh ihr Flüstern wieder laut wird, geh die Stiegen hinunter, an dem Pförtner vorbei, durch den Morgen, der Nacht wird. Die Vögel schreien in der Finsternis, als hätten deine Schmerzen zu jubeln begonnen. Geh nach Hause! Und leg dich in dein eigenes Bett zurück, auch wenn es in den Fugen kracht und noch zerwühlt ist! Da wirst du schneller gesund! Da tobst du nur drei Tage lang gegen dich und trinkst dich satt am grünen Himmel, da stößt du nur drei Tage lang die Suppe weg, die dir die Frau von oben bringt, am vierten nimmst du sie.

Und am siebenten, der der Tag der Ruhe ist, am siebenten gehst du weg. Die Schmerzen jagen dich, den Weg wirst du ja finden. Erst links, dann rechts und wieder links, quer durch die Hafengassen, die so elend sind, dass sie nicht anders können, als zum Meer zu führen. Wenn nur der junge Mann in deiner Nähe wäre, aber der junge Mann ist nicht bei dir, im Sarg warst du viel schöner. Doch jetzt ist dein Gesicht verzerrt von Schmerzen, die Schmerzen haben zu jubeln aufgehört. Und jetzt steht auch der Schweiß wieder auf deiner Stirne, den ganzen Weg lang, nein, im Sarg, da warst du schöner!

Die Kinder spielen mit den Kugeln am Weg. Du läufst in sie hinein, du läufst, als liefst du mit dem Rücken nach vorn, und keines ist dein Kind. Wie soll denn auch eines davon dein Kind sein, wenn du zur Alten gehst, die bei der Kneipe wohnt? Das weiß der ganze Hafen, wovon die Alte ihren Schnaps bezahlt.

Sie steht schon an der Tür. Die Tür ist offen und sie streckt dir ihre Hand entgegen, die ist schmutzig. Alles ist dort schmutzig. Am Kamin stehen die gelben Blumen und das sind dieselben, die sie in die Kränze winden, das sind schon wieder dieselben. Und die Alte ist viel zu freundlich. Und die Treppen knarren auch hier. Und die Schiffe heulen, wohin du immer gehst, die heulen überall. Und die Schmerzen schütteln dich, aber du darfst nicht schreien. Die Schiffe dürfen heulen, aber du darfst nicht schreien. Gib der Alten das Geld für den Schnaps! Wenn du ihr erst das Geld gegeben hast, hält sie dir deinen Mund mit beiden Händen zu. Die ist ganz nüchtern von dem vielen Schnaps, die Alte. Die träumt nicht von den Ungeborenen. Die unschuldigen Kinder wagen's nicht, sie bei den Heiligen zu verklagen, und die schuldigen wagen's auch nicht. Aber du – du wagst es!

„Mach mir mein Kind wieder lebendig!"

Das hat noch keine von der Alten verlangt. Aber du verlangst es. Der Spiegel gibt dir Kraft. Der blinde Spiegel mit den Fliegenflecken lässt dich verlangen, was noch keine verlangt hat.

„Mach es lebendig, sonst stoß ich deine gelben Blumen um, sonst kratz ich dir die Augen aus, sonst reiß ich deine Fenster auf und schrei über die Gasse, damit sie hören müssen, was sie wissen, ich schrei – –"

Und da erschrickt die Alte. Und in dem großen Schrecken, in dem blinden Spiegel erfüllt sie deine Bitte. Sie weiß nicht, was sie tut, doch in dem blinden Spiegel gelingt es ihr. Die Angst wird fruchtbar und die Schmerzen beginnen endlich wieder zu jubeln. Und eh du schreist, weißt du das Wiegenlied: Schlaf, Kindlein, schlaf! Und eh du schreist, stürzt dich der Spiegel die finsteren Treppen wieder hinab und lässt dich gehen, laufen lässt er dich. Lauf nicht zu schnell!

Heb lieber deinen Blick vom Boden auf, sonst könnt es sein, dass du da drunten an den Planken um den leeren Bauplatz in einen Mann hineinläufst, in einen jungen Mann, der seine Mütze dreht. Daran erkennst du ihn. Das ist derselbe, der zuletzt an deinem Sarg die Mütze gedreht hat, da ist er schon wieder! Da steht er, als wäre er nie weggewesen, da lehnt er an den Planken. Du fällst in seine Arme. Er hat schon wieder keine Tränen, gib ihm von den deinen. Und nimm Abschied, eh du dich an seinen Arm hängst. Nimm von ihm Abschied! Du wirst es nicht vergessen, wenn er es auch vergisst: Am Anfang nimmt man Abschied. Ehe man miteinander weitergeht, muss man sich an den Planken um den leeren Bauplatz für immer trennen.

Dann geht ihr weiter. Es gibt da einen Weg, der an den Kohlenlagern vorbei zur See führt. Ihr schweigt. Du wartest auf das erste Wort, du lässt es ihm, damit dir nicht das letzte bleibt. Was wird er sagen? Schnell, eh ihr an der See seid, die unvorsichtig macht! Was sagt er? Was ist das erste Wort? Kann es denn so schwer sein, dass es ihn stammeln lässt, dass es ihn zwingt, den Blick zu senken? Oder sind es die Kohlenberge, die über die Planken ragen und ihm Schatten unter die Augen werfen und ihn mit ihrer Schwärze blenden? Das erste Wort – jetzt hat er es gesagt: Es ist der Name einer Gasse. So heißt die Gasse, in der die Alte wohnt. Kann denn das sein? Bevor er weiß, dass du das Kind erwartest, nennt er dir schon die Alte, bevor er sagt, dass er dich liebt, nennt er die Alte. Sei ruhig! Er weiß nicht, dass du bei der Alten schon gewesen bist, er kann es auch nicht wissen, er weiß nichts von dem Spiegel. Aber kaum hat er's gesagt, hat er es auch vergessen. Im Spiegel sagt man alles, dass es vergessen sei. Und kaum hast du gesagt, dass du das Kind erwartest, hast du es auch verschwiegen. Der Spiegel spiegelt alles. Die Kohlenberge weichen hinter euch zurück, da seid ihr an der See und seht die weißen Boote wie Fragen an der Grenze eures Blicks, seid still, die See nimmt euch die Antwort aus dem Mund, die See verschlingt, was ihr noch sagen wolltet. Von da ab geht ihr viele Male den Strand hinauf, als ob ihr ihn hinabgingt, nach Hause, als ob ihr weglieft, und weg, als gingt ihr heim.

Was flüstern die in ihren hellen Hauben? „Das ist der Todeskampf!" Die lasst nur reden.

Eines Tages wird der Himmel blass genug sein, so blass, dass seine Blässe glänzen wird.

An diesem Tag spiegelt der blinde Spiegel das verdammte Haus. Verdammt nennen die Leute ein Haus, das abgerissen wird, verdammt nennen sie das, sie wissen es nicht besser. Es soll euch nicht erschrecken. Der Himmel ist jetzt blass genug. Und wie der Himmel in der Blässe erwartet auch das Haus am Ende der Verdammung die Seligkeit. Vom vielen Lachen kommen leicht die Tränen. Du hast genug geweint. Nimm deinen Kranz zurück. Jetzt wirst du auch die Zöpfe bald wieder lösen dürfen. Alles ist im Spiegel. Und hinter allem, was ihr tut, liegt grün die See. Wenn ihr das Haus verlasst, liegt sie vor euch. Wenn ihr durch die eingesunkenen Fenster wieder aussteigt, habt ihr vergessen. Von da ab drängt er dich mit ihm hineinzugehen. Aber in dem Eifer entfernt ihr euch davon und biegt vom Strand ab. Ihr wendet euch nicht um. Und das verdammte Haus bleibt hinter euch zurück. Ihr geht den Fluss hinauf und euer eigenes Fieber fließt euch entgegen, es fließt an euch vorbei. Gleich lässt sein Drängen nach. Und in demselben Augenblick bist du nicht mehr bereit, ihr werdet scheuer. Das ist die Ebbe, die die See von allen Küsten wegzieht. Sogar die Flüsse sinken zur Zeit der Ebbe. Und drüben auf der anderen Seite lösen die Wipfel endlich die Krane ab. Weiße Schindeldächer schlafen darunter.

Gib Acht, jetzt beginnt er bald von der Zukunft zu reden, von den vielen Kindern und vom langen Leben, und seine Wangen brennen vor Eifer. Sie zünden auch die deinen an. Ihr werdet streiten, ob ihr Söhne oder Töchter wollt, und du willst lieber Söhne. Und er wollte sein Dach lieber mit Ziegeln decken und du willst lieber --- aber da seid ihr den Fluss schon viel zu weit hinaufgegangen. Der Schrecken packt euch. Die Schindeldächer auf der anderen Seite sind verschwunden, da drüben sind nur mehr Auen und feuchte Wiesen. Und hier? Gebt auf den Weg Acht. Es dämmert – so nüchtern, wie es nur am Morgen dämmert. Die Zukunft ist vorbei. Die Zukunft ist ein Weg am Fluss, der in die Auen mündet. Geht zurück!

Was soll jetzt werden?

Drei Tage später wagt er nicht mehr den Arm um deine Schultern zu legen. Wieder drei Tage später fragt er dich, wie du heißt, und du fragst ihn. Nun wisst ihr voneinander nicht einmal mehr die Namen. Und ihr fragt auch nicht mehr. Es ist schöner so. Seid ihr nicht zum Geheimnis geworden?

Jetzt geht ihr endlich wieder schweigsam nebeneinander her. Wenn er dich jetzt noch etwas fragt, so fragt er, ob es regnen wird. Wer kann das wissen? Ihr werdet immer fremder. Von der Zukunft habt ihr schon lange zu reden aufgehört. Ihr seht euch nur mehr selten, aber noch immer seid ihr einander nicht fremd genug. Wartet, seid geduldig. Eines Tages wird es so weit sein. Eines Tages ist er dir so fremd, dass du ihn auf einer finsteren Gasse vor einem offenen Tor zu lieben beginnst. Alles will seine Zeit. Jetzt ist sie da.

„Es dauert nicht mehr lang“, sagen die hinter dir, „es geht zu Ende!“

Was wissen die? Beginnt nicht jetzt erst alles?

Ein Tag wird kommen, da siehst du ihn zum ersten Mal. Und er sieht dich. Zum ersten Mal, das heißt: nie wieder. Aber erschreckt nicht! Ihr müsst nicht voneinander Abschied nehmen, das habt ihr längst getan. Wie gut es ist, dass ihr es schon getan habt!

Es wird ein Herbsttag sein, voller Erwartung darauf, dass alle Früchte wieder Blüten werden, wie er schön ist, der Herbst, mit diesem hellen Rauch und mit dem Schatten, die wie Splitter zwischen den Schritten liegen, dass du die Füße daran zerschneiden könntest, dass du darüber fällst, wenn du um Äpfel auf den Markt geschickt bist, du fällst vor Hoffnung und vor Fröhlichkeit. Ein junger Mann kommt dir zu Hilfe. Er hat die Jacke nur lose umgeworfen und lächelt und dreht die Mütze und weiß kein Wort zu sagen. Aber ihr seid sehr fröhlich in diesem letzten Licht. Du dankst ihm und wirfst ein wenig den Kopf zurück und da lösen sich die aufgesteckten Zöpfe und fallen herab. „Ach“, sagt er, „gehst du noch nicht zur Schule?“ Er dreht sich um und geht und pfeift ein Lied. So trennt ihr euch, ohne einander nur noch einmal anzuschauen, ganz ohne Schmerz und ohne zu wissen, dass ihr euch trennt.

Jetzt darfst du wieder mit deinen kleinen Brüdern spielen und du darfst mit ihnen den Fluss entlanggehen, den Weg am Fluss unter den Erlen, und drüben sind die weißen Schindeldächer wie immer zwischen den Wipfeln. Was bringt die Zukunft? Keine Söhne. Brüder hat sie dir gebracht, Zöpfe, um sie tanzen zu lassen, Bälle, um zu fliegen. Sei ihr nicht böse, es ist das Beste, was sie hat. Die Schule kann beginnen.

Noch bist du ein wenig zu groß, noch musst du auf dem Schulhof während der großen Pause in Reihen gehen und flüstern und erröten und durch die Finger lachen. Aber warte noch ein Jahr und du darfst wieder über die Schnüre springen und nach den Zweigen haschen, die über die Mauern hängen. Die fremden Sprachen hast du schon gelernt, doch so leicht bleibt es nicht. Deine eigene Sprache ist viel schwerer. Noch schwerer wird es sein, lesen und schreiben zu lernen, doch am schwersten ist es, alles zu vergessen. Und wenn du bei der ersten Prüfung alles wissen musstest, so darfst du doch am Ende nichts mehr wissen. Wirst du das bestehen? Wirst du still genug sein? Wenn du genug Furcht hast, um den Mund nicht aufzutun, wird alles gut.

Du hängst den blauen Hut, den alle Schulkinder tragen, wieder an den Nagel und verlässt die Schule. Es ist wieder Herbst. Die Blüten sind lange schon zu Knospen geworden, die Knospen zu nichts und nichts wieder zu Früchten. Überall gehen kleine Kinder nach Hause, die ihre Prüfung bestanden haben, wie du. Ihr alle wisst nichts mehr. Du gehst nach Hause, dein Vater erwartet dich und die kleinen Brüder schreien so laut sie können und zerren an deinem Haar. Du bringst sie zur Ruhe und tröstest deinen Vater.

Bald kommt der Sommer mit den langen Tagen. Bald stirbt deine Mutter. Du und dein Vater, ihr beide holt sie vom Friedhof ab. Drei Tage liegt sie noch zwischen den knisternden Kerzen, wie damals du. Blast alle Kerzen aus, eh sie erwacht! Aber sie riecht das Wachs und hebt sich auf die Arme und klagt leise über die Verschwendung. Dann steht sie auf und wechselt ihre Kleider.

Es ist gut, dass deine Mutter gestorben ist, denn länger hättest du es mit den kleinen Brüdern allein nicht machen können. Doch jetzt ist sie da. Jetzt besorgt sie alles und lehrt dich auch das Spielen noch viel besser, man kann es nie genug gut können. Es ist keine leichte Kunst. Aber das Schwerste ist es noch immer nicht.

Das Schwerste bleibt es doch, das Sprechen zu vergessen und das Gehen zu verlernen, hilflos zu stammeln und auf dem Boden zu kriechen, um zuletzt in Windeln gewickelt zu werden. Das Schwerste bleibt es, alle Zärtlichkeiten zu ertragen und nur mehr zu schauen. Sei geduldig! Bald ist alles gut. Gott weiß den Tag, an dem du schwach genug bist.

Es ist der Tag deiner Geburt. Du kommst zur Welt und schlägst die Augen auf und schließt sie wieder vor dem starken Licht. Das Licht wärmt dir die Glieder, du regst dich in der Sonne, du bist da, du lebst. Dein Vater beugt sich über dich. „Es ist zu Ende –“ sagen die hinter dir, „sie ist tot!“

Still! Lass sie reden!

Text erschließende Aufgaben

- *Stellt fest, mit welchen Stationen des Lebens der Text beginnt und endet. Wie wird er also vom Zeitablauf her erzählt?*
- *Gebt den Handlungsverlauf des Textes mit den Lebensstationen der jungen Frau in einer Skizze wieder.*
- *Stellt von der Erzählhaltung Aichingers ausgehend eine Beziehung zu dem Text von Günter Seuren „Das Experiment“ her.*
- *Offensichtlich ist der Spiegel das Thema der Kurzgeschichte. Sammelt Textstellen, in denen der Spiegel wörtlich vorkommt. Welche erscheinen euch angesichts der natürlichen Funktion eines Spiegels als Gebrauchsgegenstand unverständlich bzw. paradox? Zu erklären ist jetzt, dass entgegen dem physikalischen Gesetz der blinde Spiegel „alles“ spiegelt. Desungeachtet werden durch den blinden Spiegel Erinnerungen („[...] dass es vergessen sei“) und Schuld („[...] dass es vergeben sei“) gelöscht. Dieses Rätsel könnt ihr aufklären, wenn ihr feststellt, welche Zeitstufe in dem blinden Spiegel als einzige gültig ist und auf welchen Punkt hin die Geschichte der jungen Frau erzählt wird.*
- *Entscheidet selber, ob ihr es für sinnvoll haltet, eine „Spiegelgeschichte“ eures eigenen Lebens als Tagebucheintrag niederzuschreiben und Teile daraus nach eurem Ermessen in der Klasse zu erörtern.*
- *Wenn ihr mit eurem Lehrer die werkimmanente Interpretation eingehend erörtert habt, könnt ihr begründen, weshalb sich diese Methode zur Deutung dieser Kurzgeschichte besonders empfiehlt, indem ihr den bisherigen Unterrichtsverlauf zur „Spiegelgeschichte“ rekapituliert.*

2 Die literatursoziologische Interpretation

Franz Fühmann Das Judenauto

Franz Fühmann (1922–1984) wurde als Sohn eines Apothekers in Rochlitz im Riesengebirge geboren. Von seinem Vater, einem überzeugten Nationalsozialisten, wurde er im Geiste des Faschismus erzogen. Fühmann ging noch zur Schule, als er zur Wehrmacht eingezogen wurde. Krieg und anschließende Gefangenschaft in der Sowjetunion brachten eine entscheidende Wende in seinem Leben: Die Auseinandersetzung mit Krieg und dem Faschismus wurde eines der bestimmenden Themen seiner schriftstellerischen Tätigkeit. Er lebte nach der Rückkehr aus der Gefangenschaft (1949) in der DDR.

Fühmann war Mitglied der Akademie der Künste und wurde 1956 mit dem Heinrich-Mann-Preis, 1957 mit dem Nationalpreis der DDR und 1963 mit dem Johannes-R.-Becher-Preis ausgezeichnet.

Der Band mit Erzählungen „Das Judenauto. Vierzehn Tage aus zwei Jahrzehnten" erschien 1962.

Wie tief hinab reicht das Erinnern? Ein warmes Grün, das ist in meinem Gedächtnis wohl das früheste Bild: das Grün eines Kachelofens, um dessen oberes Bord sich das Relief[1] eines Zigeunerlagers gezogen haben soll; doch das weiß ich nur noch aus den Erzählungen meiner Mutter, keine Anstrengung des Hirns bringt mir dies Bild zurück. Das Grün aber habe ich behalten: ein warmes Weinflaschengrün mit stumpfem Glanz. Immer, wenn ich mir dieses Grün vor Augen führe, fühle ich mich leicht über den Dielen in Lüften schweben: Ich konnte, wie Mutter erzählte, die Zigeuner nur sehen, wenn Vater mich zweijährigen Knirps in die Höhe hob.

Dann folgt in meinem Gedächtnis etwas Weiches und Weißes, auf dem ich unendlich lange Zeit still sitzen und dabei in ein sich auf- und abwärtskrümmendes Schwarz starren musste, und dann eine Höhle Holunder mit einer Bank und einem Mann drauf, der nach Abenteuern roch und mich auf seinem Knie reiten ließ und mir ein Stück wunderbar süßer Wurst in den Mund schob, die ich gierig kaute, und diese Erinnerung ist verbunden mit einem Schrei und einem Sturm, der plötz-

1 *Relief* (frz.): über eine Fläche erhaben hervortretendes Bildwerk

lich Mann und Laube von mir fortriss, um sie jählings ins Nichts zu wirbeln. Es war natürlich keine Sturmbö, es war der Arm der Mutter, der mich aus der grünen Höhle gerissen hatte, und auch der Schrei war der Schrei ihres Entsetzens gewesen: Der Mann, dessen Knie mich gewiegt hatte, war eine der Spottfiguren des Dorfs: ein heruntergekommener Großbauer, der, auf säbelkrummen Beinen einherschwankend, die Dörfer nach Brot und Schnaps zu durchbetteln pflegte, und der Geruch wilder Abenteuer war sein Atem von Brennspiritus und die Wurst ein Abfall der Rossschlächterei. Jedenfalls muss es herrlich gewesen sein, auf seinen Knien zu reiten: Es ist dies das erste Bild, das ich heute noch ganz deutlich vor mir sehe, und ich war damals drei Jahre alt.

Von da an folgen die Bilder dichter und dichter: die Berge, der Wald, der Brunnen, das Haus, der Bach und die Wiese; der Steinbruch, in dessen Grotten die Geister, die ich mir ausdachte, hausten; Kröte, Hornisse, der Käuzchenruf, die Vogelbeerenallee vor der grauen Fabrik, der Jahrmarkt mit seinem Duft von türkischem Honig und dem Drehorgelgeschrei der Schaubudenausrufer und schließlich die Schule mit ihrem kalkgetünchten, trotz der hohen Fenster stets düstren Korridor, durch den aus allen Klassenräumen heraus die Menschenangst wie eine Nebelschwade kroch. Die Gesichter der Lehrer habe ich vergessen; ich sehe nur noch zwei verkniffene graue Augen über einer lang gezogenen messerscharfen Nase und einen von Ringen gekerbten Bambusstock, und auch die Gesichter der Mitschüler sind blass und unscharf geworden bis auf ein braunäugiges Mädchengesicht mit schmalem, kaum geschwungenem Mund und kurzem hellem Haar über der hohen Stirn: Das Gesicht, vor dessen Augen man die seinen, zum ersten Mal durch eine rätselhafte Macht verwirrt, niedergeschlagen hat, man vergisst es nicht, auch wenn danach Bitteres geschehen ist …

Eines Morgens, es war im Sommer 1931 und ich war damals neun Jahre alt, kam, wie immer wenige Minuten vor dem Läuten, das Klatschmaul der Klasse, die schwarz gezopfte, wie ein Froschteich plappernde Gudrun K. wieder einmal mit ihrem Schrei: „Ihr Leute, ihr Leute, habt ihr's schon gehört!“ in die Klasse gestürmt. Sie keuchte, da sie das schrie, und fuchtelte wild mit den Armen; ihr Atem flog, doch sie schrie dennoch: „Ihr Leute, ihr Leute!“ und rang im Schreien schnaufend nach Luft. Die Mädchen stürzten ihr, wie immer, entgegen und umdrängten sie jäh wie ein Bienenschwarm seine Königin; wir Jungen jedoch achteten kaum auf ihr Getue, zu oft schon hatte das Klatschmaul etwas als Sensation ausgeschrien, was sich dann als Belanglosigkeit entpuppte. So ließen wir uns in unserm Tun nicht stören: Wir diskutierten gerade die neuesten Abenteuer unsres Idols Tom Shark und Karli, unser Anführer, machte uns vor, wie man nach dessen Manier den gefährlichsten Wolfshund im Nu erledigt: ein fester Griff in den Rachen, dorthin, wo die Zähne am spitzesten stehen, den Oberkiefer festgehalten, den Unterkiefer hinuntergerissen, den Schädel im Wirbel gedreht und dem Tier einen Tritt in den Kehlkopf – da hörten wir aus dem Schwarm der Mädchen einen schrillen Schrei. „Iii, wie gräsig!“, hatte eines der Mädchen geschrien, ein ganz spitzes quieckendes Iii des panischen Schreckens; wir fuhren herum und sahen das Mädchen stehen, die Hand vor dem weit offenen Mund und in den Augen das blanke Entsetzen und die Gruppe der Mädchen stand vor Schauder gekrümmt. „Und dann rühren sie das Blut mit Nullermehl an und backen draus Brot!“, hörten wir Gudrun hastig berichten und wir sahen, wie die Mädchen sich schüttelten. „Was erzählst du da für'n Quatsch!“, rief Karli laut. Die Mädchen hörten nicht. Zögernd traten wir zu ihnen. „Und das essen sie dann?“, fragte eine mit heiserer Stimme. „Das essen sie dann zu ihrem Feiertag, da kommen sie zu Mitternacht alle zusammen und zünden Kerzen an und dann sagen sie einen Zauber und dann essen sie das!“, bestätigte Gudrun mit keuchendem Eifer. Ihre Augen brannten. „Was für ein Zauber?“, fragte Karli und lachte, aber das Lachen klang nicht echt. Plötzlich fühlte ich eine seltsame Angst. „So red schon!“, schrie ich Gudrun an und auch die anderen Jungen schrien und wir drängten uns um die Mädchen, die Gudrun umdrängten, und Gudrun wiederholte in hastigen, fast schreienden Sätzen ihren Bericht: Ein Judenauto sei, so sprudelte sie heraus, in den Bergen aufgetaucht und fahre abends die wenig begangenen Wege ab, um Mädchen einzufangen und zu schlachten und aus ihrem Blut ein Zauberbrot zu backen; es sei ein gelbes, ganz gelbes Auto, so redete sie und Mund und Augen waren vor Entsetzen verzerrt: ein gelbes, ganz gelbes Auto mit vier Juden drin, vier schwarzen mörderischen Juden mit langen Messern, und alle Messer seien blutig gewesen und vom Trittbrett habe auch Blut getropft, das hätten die Leute deutlich gesehen, und vier Mädchen hätten sie bisher geschlachtet, zwei aus Witkowitz und zwei aus Böhmisch-Krumma; sie hätten sie an den Füßen aufgehängt und ihnen den Kopf abgeschnitten und das Blut in Pfannen auslaufen lassen, und wir lagen übereinandergedrängt, ein Klumpen Entsetzen, der kreischte und bebte, und Gudrun überschrie unser Grauen mit schriller Käuzchenstimme und beteuerte, obwohl niemand ihre Erzählung anzweifelte, gierig, das sei alles wirklich wahr. Wenn sie gestern nach Böhmisch-Krumma gegangen wäre, um Heimarbeit auszutragen, hätte sie das Judenauto mit eigenen Augen sehen können: gelb, ganz gelb, und vom Trittbrett das tropfende Blut, und ich starrte Gudrun ins Gesicht, das rot war, und dachte bewundernd, dass sie ein tolles Glück gehabt habe, nicht abgeschlachtet worden zu sein, denn dass das Judenauto durch die Felder fuhr und Mädchen einfing, daran zweifelte ich keinen Augenblick.

Ich hatte zwar noch keinen Juden gesehen, doch ich hatte aus den Gesprächen der Erwachsenen schon viel über sie erfahren: Die Juden hatten alle eine krumme Nase und schwarzes Haar und waren schuld an allem Schlechten in der Welt. Sie zogen den ehrlichen Leuten mit gemeinen Tricks das Geld aus der Tasche und hatten die Krise gemacht, die meines Vaters Drogenhandlung abzuwürgen drohte; sie ließen den Bauern das Vieh und das Korn wegholen und kauften von überallher Getreide zusammen, gossen Brennspiritus drüber und schütteten es dann ins Meer, damit die Deutschen verhungern sollten, denn sie hassten uns Deutsche über alle Maßen und wollten uns alle vernichten – warum sollten sie dann nicht in einem gelben Auto auf den Feldwegen lauern, um deutsche Mädchen zu fangen und abzuschlachten? Nein, ich zweifelte keinen Augenblick daran, dass das Judenauto existierte, und auch die Worte des Lehrers, der unterdessen die Klasse betreten und die Nachricht vom Judenauto, die alle Münder ihm zugeschrien, für wenig glaubwürdig erklärt hatte, änderten nichts. Ich glaubte an das Judenauto; ich sah es gelb, ganz gelb zwischen Kornfeld und Kornfeld fahren, vier schwarze Juden mit langen, spitzigen Messern, und plötzlich sah ich das Auto halten und zwei der Juden zum Kornfeld springen, an dessen Rand ein braunäugiges Mädchen saß und einen Kranz blauer Kornraden[1] flocht, und die Juden, Messer zwischen den Zähnen, packten das Mädchen und schleppten es zum Auto und das Mädchen schrie und ich hörte ihren Schrei und ich war selig, denn es war mein Name, den sie schrie. Laut und verzweifelt schrie sie meinen Namen; ich suchte nach meinem Colt, doch ich fand ihn nicht und so stürmte ich mit bloßen Händen aus meinem Geheimgang hinaus und sprang die Juden an. Den ersten schmetterte ich mit einem Schlag gegen das Kinn zu Boden, dem zweiten, der das Mädchen schon hochgehoben hatte, um es in den Wagen zu wälzen, schlug ich mit der Handkante ins Genick, sodass auch er zusammensank; der Jude am Steuer gab Gas und der Wagen schoss auf mich zu. Doch darauf war ich natürlich gefasst gewesen und schnellte zur Seite; das Auto schoss vorbei, ich sprang auf sein Heck, zertrümmerte mit einem Faustschlag die Wagendecke, drehte dem Juden auf dem Beifahrersitz das Messer aus der zustoßenden Hand, warf ihn aus dem Wagen, überwältigte den Juden am Steuer, bremste, sprang ab und sah im Gras vorm Kornfeld ohnmächtig das Mädchen liegen und ich sah ihr Gesicht, das vor mir reglos im Gras lag, und plötzlich sah ich nur ihr Gesicht: braune Augen, ein schmaler, kaum geschwungener Mund und kurzes, helles Haar über der hohen Stirn. Ich sah Wangen und Augen und Lippen und Stirn und Haar und mir war, als sei dies Gesicht immer verhüllt gewesen und ich sähe es das erste Mal nackt. Scheu befing mich; ich wollte wegsehen und konnte es doch nicht und beugte mich über das Mädchen, das reglos im Gras lag und berührte, ein Hauch, mit meiner Hand ihre Wange und mir wurde flammend heiß und plötzlich brannte meine Hand: ein jäher Schmerz; mein Name dröhnte in mein Ohr; ich fuhr auf und der Lehrer hieb mir ein zweites Mal das Lineal über den Handrücken. „Zwei Stunden Nachsitzen“, schnaubte er, „ich werd dir das Schlafen im Unterricht schon austreiben!“ Die Klasse lachte. Der Lehrer schlug ein drittes Mal zu; die Hand schwoll auf, doch ich biss die Zähne zusammen: Zwei Bänke vor mir saß das Mädchen, dessen Gesicht ich im Gras gesehen hatte, und ich dachte, dass sie jetzt als Einzige nicht über mich lachen würde. „Im Unterricht schlafen – glaubt der Kerl, die Bank sei ein Bett!“ Der Lehrer hatte das als Witzwort gesprochen und die Klasse brüllte vor Lachen. Ich wusste, dass sie niemals über mich lachen würde. „Ruhe!“, schrie der Lehrer. Das Lachen verebbte. Die Striemen auf meiner Hand wurden blau.

1 *Kornrade*: blau blühende Kornblume

Nach dem Nachsitzen traute ich mich nicht nach Hause; ich grübelte, als ich langsam die Dorfstraße hinaufging, nach einer glaubwürdigen Ausrede und kam schließlich auf den Gedanken, zu Haus zu erzählen, ich hätte dem Judenauto nachgeforscht, und so bog ich, um nicht von der Hauptstraße, sondern von den Feldern aus nach Haus zu kommen, von der Straße ab und ging einen Feldweg hinauf, den Bergen zu: Kornfelder rechts und Wiesen links und Korn und Gras wogten mir übers Haupt. Ich dachte nicht mehr ans Nachsitzen und nicht mehr an das Judenauto; ich sah das Gesicht des Mädchens in den Wellen der Gräser und im Korn sah ich ihr helles Haar. Die Wiesen dufteten sinnverwirrend, das pralle Fleisch der Glockenblumen schwang blau in der Höhe meiner Brust; der Thymian sandte wilde Wellen betäubenden Duftes, Wespenschwärme brausten bös und der Mohn neben den blauen Raden glühte, ein sengendes Gift, in hitzigstem Rot. Die Wespen schwirrten wild um mein Gesicht, die Sonne dünstete; die Grillen schrien mir eine irre Botschaft zu, große Vögel schossen jäh aus dem Korn auf; der Mohn neben den Raden lohte drohend und ich war verwirrt. Ich war bisher arglos in der Natur gestanden wie eins ihrer Geschöpfe, eine Libelle oder ein wandernder Halm, doch nun war mir, als ob sie mich von sich stieße und ein Riss aufbräche zwischen meiner Umwelt und mir. Ich war nicht mehr Erde und nicht mehr Gras und Baum und Tier; die Grillen schrien und ich musste daran denken, dass sie beim Zirpen die Flügel aneinanderrieben, und plötzlich kam mir das schamlos vor, und plötzlich war alles verändert und wie zum ersten Mal gesehen: Die Kornähren klirrten im Wind, das Gras schmiegte sich weich aneinander, der Mohn glühte, ein Mund, tausend Münder der Erde, der Thymian brodelte bitteren Dunst und ich fühlte meinen Leib wie etwas Fremdes, wie etwas, das nicht Ich war; ich zitterte und fuhr mit den Fingernägeln über die Haut meiner Brust und zerrte an ihr; ich wollte schreien und konnte doch nur stöhnen; ich wusste nicht mehr, was mir geschah, da kam, Korn und Gras zur Seite drängend, ein braunes Auto langsam den Feldweg herunter.

Da ich es wahrnahm, schrak ich zusammen, als sei ich bei einem Verbrechen ertappt worden; ich riss die Hände von meiner Brust und das Blut schoss mir jäh in den Kopf. Mühsam sammelte ich meine Gedanken. Ein Auto? Wie kommt ein Auto hierher, dachte ich stammelnd; da begriff ich plötzlich: das Judenauto! Ein Schauer überrann mich; ich stand gelähmt. Im ersten Augenblick hatte ich zu sehen vermeint, dass das Auto braun war; nun, da ich, entsetzt und von einer schaurigen Neugier angestachelt, ein zweites Mal hinblickte, sah ich, dass es mehr gelb als braun war, eigentlich gelb, ganz gelb, grellgelb. Hatte ich anfangs nur drei Personen drin gesehen, so hatte ich mich sicher getäuscht oder vielleicht hatte sich einer geduckt, sicher hatte sich einer geduckt, es waren ihrer vier im Wagen und einer hatte sich geduckt, um mich anzuspringen, und da fühlte ich Todesangst. Es war Todesangst; das Herz schlug nicht mehr; ich hatte sein Schlagen nie wahrgenommen, doch jetzt, da es nicht mehr schlug, fühlte ich es: ein toter Schmerz im Fleisch, eine leere Stelle, die, sich verkrampfend, mein Leben aussog. Ich stand gelähmt und starrte auf das Auto und das Auto kam langsam den Feldweg herunter, ein gelbes Auto, ganz gelb, und es kam auf mich zu und da, als habe jemand einen Mechanismus in Gang gesetzt, schlug mein Herz plötzlich wieder und nun schlug es rasend schnell und rasend überschlugen sich meine Gedanken: schreien, davonlaufen, im Korn verstecken, ins Gras springen, doch da fiel mir in der letzten Sekunde noch ein, dass ich keinen Verdacht erregen durfte. Ich durfte nicht merken lassen, dass ich wusste: Das war das Judenauto, und so ging ich, von Grauen geschüttelt, mäßigen Schrittes den Feldweg hinunter, mäßigen Schrittes vor dem Auto, das Schritt fuhr, und mir troff der Schweiß von der Stirn und ich fror zugleich und so ging ich fast eine Stunde, obwohl es zum Dorf nur ein paar Schritte waren. Meine Knie zitterten; ich dachte schon, dass ich umfallen würde, da hörte ich, wie einen Peitschenschlag knallend, eine Stimme aus dem Wagen: ein Anruf vielleicht oder ein Befehl, und da wurde mir schwarz vor den Augen; ich spürte nur noch, wie meine Beine liefen und mich mit sich nahmen; ich sah und hörte nichts mehr und lief und schrie, und erst, als ich mitten auf der Dorfstraße stand, zwischen Häusern und unter Menschen, wagte ich keuchend mich umzuschauen und da sah ich, dass das Judenauto spurlos verschwunden war.

Natürlich erzählte ich am nächsten Morgen in der Klasse, dass mich das Judenauto stundenlang gejagt und fast erreicht habe und dass ich nur durch ganz tolles Hakenschlagen entkommen sei, und ich schilderte das Judenauto: gelb, ganz gelb und mit vier Juden besetzt, die blutige Messer geschwungen hatten, und ich log nicht, ich hatte alles ja selbst erlebt. Die Klasse lauschte atemlos; man hatte mich umdrängt und sah mich bewundernd und auch neidvoll an; ich war ein Held und hätte jetzt an Karlis Stelle der Anführer werden können, doch das wollte ich nicht, ich wollte nur einen Blick und wagte doch nicht ihn zu suchen. Dann kam der Lehrer; wir schrien ihm die ungeheure Nachricht ins Gesicht. Fiebernd schilderte ich meine Erlebnisse und der Lehrer fragte nach Ort und Zeit und Umständen und ich konnte alles genauestens angeben, da waren keine Mogeleien und Widersprüche, da gab es nichts als unwiderlegliche Tatsachen: das gelbe, ganz gelbe Auto, die vier schwarzen Insassen, die Messer, das Blut am Trittbrett, der Feldweg, der Befehl, mich zu fangen, die Flucht, die Verfolgung; und die Klasse lauschte atemlos.

Da sah das Mädchen mit dem kurzen, hellen Haar auf und nun wagte ich ihr ins Gesicht zu sehen, und sie wandte sich halb in ihrer Bank um und sah mich an und lächelte und mein Herz schwamm fort. Das war die Seligkeit; ich hörte die Grillen schreien und sah den Mohn glühen und roch den Thymianduft, doch nun verwirrte mich das alles nicht mehr, die Welt war wieder heil und ich war ein Held, dem Judenauto entronnen, und das Mädchen sah mich an und lächelte und sagte mit ihrer ruhigen, fast bedächtigen Stimme, dass gestern ihr Onkel mit zwei Freunden zu Besuch gekommen sei; sie seien im Auto gekommen, sagte sie langsam, und das Wort „Auto“ fuhr mir wie ein Pfeil ins Hirn; in einem braunen Auto seien sie gekommen, sagte sie, und sie sagte auf die hastige Frage des Lehrers: Sie seien zur gleichen Zeit, da ich das Judenauto gesehen haben wollte, den gleichen Feldweg hinabgefahren und ihr Onkel habe einen Jungen, der am Wiesenrand gestanden habe, nach dem Weg gefragt und der Junge sei schreiend davongelaufen, und sie strich die Zunge über ihre dünnen Lippen und sagte, ganz langsam, der Junge am Weg habe genau solche günen Lederhosen getragen wie ich und dabei sah sie mich freundlich lächelnd an und alle, so fühlte ich, sahen mich an und ich fühlte ihre Blicke bös wie Wespen schwirren, Wespenschwärme über Thymianbüschen, und das Mädchen lächelte mit jener ruhigen Grausamkeit, deren nur Kinder fähig sind. Als dann eine Stimme aus mir herausbrüllte, die blöde Gans spinne ja, es sei das Judenauto gewesen: gelb, ganz gelb und vier schwarze Juden drin mit blutigen Messern, da hörte ich wie aus einer anderen Welt durch mein Brüllen ihre ruhige Stimme sagen, sie habe mich ja selbst vor dem Auto davonlaufen sehen. Sie sagte es ganz ruhig und ich hörte, wie mein Brüllen jählings abbrach; ich schloss die Augen, es war totenstill, da plötzlich hörte ich ein Lachen, ein spitzes, kicherndes Mädchenlachen wie Grillengezirp schrill, und dann toste eine brüllende Woge durch den Raum und spülte mich fort. Ich stürzte aus der Klasse hinaus und rannte aufs Klosett und schloss hinter mir zu; Tränen schossen mir aus den Augen, ich stand eine Weile betäubt im beizenden Chlorgeruch und hatte keine Gedanken und starrte die schwarz geteerte, stinkende Wand an und plötzlich wusste ich: Sie waren dran schuld! Sie waren dran schuld, sie, nur sie: Sie hatten alles Schlechte gemacht, das es auf der Welt gibt, sie hatten meinem Vater das Geschäft ruiniert, sie hatten die Krise gemacht und den Weizen ins Meer geschüttet, sie zogen mit ihren gemeinen Tricks den ehrlichen Leuten das Geld aus der Tasche und auch mit mir hatten sie einen ihrer hundsgemeinen Tricks gemacht, um mich vor der Klasse zu blamieren. Sie waren schuld an allem; sie, kein anderer, nur sie! Ich knirschte mit den Zähnen: Sie waren schuld! Heulend sprach ich ihren Namen aus; ich schlug die Fäuste vor die Augen und stand im schwarz geteerten, chlordünstenden Knabenklosett und schrie ihren Namen: „Juden!“, schrie ich und wieder: „Juden!“, wie das nur klang: „Juden, Juden!“, und ich stand heulend in der Klosettzelle und schrie und dann erbrach ich mich. Juden. Sie waren schuld. Juden. Ich würgte und ballte die Fäuste. Juden. Judenjudenjuden. Sie waren dran schuld. Ich hasste sie.

M 1 Ludger Graf von Westphalen: Zur sozialgeschichtlichen Rolle des Judentums

Nie erloschen ist [...] der früh erhobene Vorwurf, der Jude sei von Natur aus ein Geldmensch, ein Wucherer und Blutsauger; dabei ist es nicht schwer, die historischen Bedingungen zu erkennen, die die wirtschaftliche Stellung der Juden im Mittelalter und in der Neuzeit erklären. Während noch bis in die Merowingerzeit hinein vorwiegend syrische Kaufleute den Warenhandel des Abendlandes betrieben, traten Juden mehr und mehr an ihre Stelle, als der Islam sich die syrische Küste unterwarf und damit die noch bestehende wirtschaftliche Einheit des Mittelmeerraumes zerriss. Sobald aber aus dem Wandergeschäft der markt- und stadtgebundene Handel wurde, entstand ein christlicher Kaufmannsstand, der seinen Platz in der bürgerlichen Stadtgesellschaft hatte und sich in Gilden[1] gliederte. Damit wurde der Jude aus dem Warenhandel hinausgeschoben, denn schon die christliche Gesetzgebung des 5. und 6. Jh.s hatte begonnen ihn aus der Rechts- und Lebensgemeinschaft aller Untertanen auszuschließen. In der ständisch gegliederten Gesellschaft des Mittelalters war kein Ort für ihn. Mithin hatte er sich nach solchen Erwerbsmöglichkeiten umzusehen, die als nicht gottgewollt, ja unehrlich angesehen und darum von den Christen meist vernachlässigt wurden. Dass hierzu auch der Geldhandel gezählt wurde, liegt nicht an einer angeborenen Uneigennützigkeit germanisch-deutschen Wesens, das den Geldhandel verabscheut hätte, sondern an dem kanonischen[2] Zinsverbot, das – auf das Neue Testament gegründet – das Darlehensgeschäft uninteressant machte, wenn auch nicht geradezu verbot. Die Juden waren an das Zinsverbot nicht gebunden, notwendig sind sie also bei der Suche nach Betätigungsmöglichkeiten in eine fast monopolartige[3] Position als Geldgeber gelangt, die umso bedeutender war, als die während des frühen und hohen Mittelalters in den Gebieten nördlich der Alpen vorherrschende Naturalwirtschaft[4] den Geldbedarf der unternehmungslustigen weltlichen und geistlichen Herren nicht stillen konnte. Die Entwicklung zum Frühkapitalismus war – nach italienischem Vorbild – auch in Deutschland nicht aufzuhalten, aber die daran beteiligten Juden machten sich durch die geforderten hohen Zinsen, die sich wiederum aus dem hohen Risiko der Geldleihe ergaben, in Stadt und Land so unbeliebt, dass an ihnen der Ruf des Wucherers haften blieb. Was Not und Gelegenheit herbeigeführt hatten, konnte schließlich als ein Naturtrieb, gar als ein Rassenmerkmal, erklärt werden; die Ängste und der Ärger der zahlungsunwilligen und -unfähigen Schuldner schlugen sich über die Jahrhunderte in jener bleibenden Kollektivfurcht[5] vor der schwer fassbaren, anonymen Macht des Geldes nieder, die dem Nationalsozialismus so sehr den Weg zur Macht erleichtert hat. Je weniger

1 *Gilde*: Genossenschaft vornehmlich der Kaufleute in der mittelalterlichen Stadt, vergleichbar mit Zunft und Innung
2 *kanonisch*: kirchenrechtlich
3 *monopolartig* (von Monopol): Vorrecht, alleiniger Anspruch
4 *Naturalwirtschaft*: Handel, vor allem mit Gütern des täglichen Bedarfs, ohne Geld als Zahlungsmittel
5 *Kollektivfurcht*: gemeinsame Furcht

die Betroffenen Einsicht in die Formen kapitalistischer Wirtschaftsbetätigung hatten, umso mehr waren sie geneigt alle unbequemen Veränderungen ökonomischer[1] Art zu dämonisieren[2] und die Schuld beim Juden und dessen enger Verbindung zum Geld zu suchen.

Da der Jude keinen Platz in der mittelalterlichen Gesellschaftspyramide besaß, konnte die Haltung der Obrigkeit zu ihm keine selbstverständliche und gleich bleibende sein. Die seit 1179 in deutschen Urkunden gebrauchte Bezeichnung „servi camerae regis“ (königliche Kammerknechte) deutet an, dass sie zum König in einer besonderen Beziehung standen, die ihnen Schutz und Hilfe gegen Verfolgungen sicherte, soweit und solange sie als nützlich oder gar unentbehrlich erschienen. Und das waren sie oft nicht nur als geschickte Kaufleute mit weit reichenden Beziehungen, sondern ebenso sehr als Steuerobjekte, die der Herrscher willkürlich und ohne Rücksicht auf ständische Einsprüche zur Befriedigung seiner finanziellen Bedürfnisse heranziehen konnte. Als das Judenregal[3] mehr und mehr auf die Landesherren überging, änderte sich an der rechtlichen Stellung der Juden grundsätzlich nichts: Sie blieben auf das Wohlwollen der Fürsten angewiesen und auch dieses galt zumeist den privilegierten Schutzjuden, die etwas zu bieten hatten, während die Masse der armen Händler und Hausierer, der sog. Trödeljuden, erbarmungslos von Stadt zu Stadt, von Land zu Land gejagt werden durfte.

Auch äußerlich wurde der Jude als ein anderer kenntlich gemacht und vereinzelt; die mittelalterliche Kirche hat keinen geringen Anteil daran, dass eine besondere Judentracht eingeführt wurde. Darüber hinaus verlangte sie auf Konzilien[4] und Synoden die Anlage jener abgeschlossenen Wohnbezirke in den Städten, die nach italienischem Vorbild den Namen „Getto“ erhielten und bis zum Ende des 18. Jh.s die Masse der Juden beherbergten. Ihre Mauern boten einen gewissen Schutz, ohne doch die großen Verfolgungswellen des 14. Jh.s abhalten zu können, die durch den „Schwarzen Tod“, die fürchterlichen Pestepidemien, ausgelöst wurden und einen Großteil der deutschen Judenheit zwangen in den ostmitteleuropäischen Raum zwischen Ostsee und Schwarzem Meer auszuweichen, der bis Hitler ein Zentrum des europäischen Judentums geblieben ist.

In Glaube und Recht, nach Wohnung und Kleidung, durch Beruf und soziale Stellung vom Gastvolk geschieden, verbrachte das deutsche Judentum die Jahrhunderte des Mittelalters und der beginnenden Neuzeit, nicht ohne auch selbst diese Absonderung im Sinne eines von Gott verhängten Schicksals und einer Auserwählung zu verstehen und zu wollen. Nur wenige haben die Gettomauern übersteigen können und Anschluss an die geistige Welt derjenigen gefunden, in deren unmittelbarer Nachbarschaft sie lebten. Im Allgemeinen ging der Weg nur über eine Aufgabe der angestammten Religion und daran haben auch die Renaissance und die Reformation nichts ändern können; vielmehr beginnt erst mit Luther die Geschichte der planmäßigen Judenmission, ohne dass je der Erfolg den Eifer

1 *ökonomisch*: wirtschaftlich

2 *dämonisieren*: etwas unheimlichen, bösen, unbekannten Mächten zuschreiben

3 *Judenregal*: gehört mit anderen Regalien zu den besonderen Hoheitsrechten des Königs; seit dem 13. Jh. zum Teil in der Hand des Landesfürsten

4 *Konzil/Synode*: Kirchenversammlung

belohnt hätte. Erst im Zeitalter des Absolutismus ist ohne Taufe einer größeren Anzahl von Juden der Aufstieg in die angesehene Gesellschaft gelungen. Es sind dies die sogenannten Hoffaktoren oder Hofjuden, die aus dem Gefolge der größeren und kleineren deutschen Fürsten des 17. und 18. Jh.s nicht wegzudenken sind. Indem sie unter Ausnutzung der engen Familienbande die jüdischen Kleinvermögen mobilisierten, brachten sie die Kapitalien[1] zusammen, die nach dem Elend des Dreißigjährigen Krieges bei christlichen Kaufleuten und Bankiers kaum aufzutreiben waren und die doch für den Aufbau und die Repräsentation der unumschränkten Fürstenmacht nicht entbehrt werden konnten. Vielfach gelangten Juden in ein intimes Verhältnis zu Fürsten und sogar in leitende Staatsstellungen und sie nutzten diese nicht nur aus, um sich selbst aus der Enge überlieferter Judenordnungen zu befreien und sich Titel und Freiheiten zu verschaffen, sondern sie erleichterten auch ihren Heimatgemeinden oder wenigstens einzelnen Verwandten und Freunden das Leben und den Aufstieg sehr. Doch hat diese nützliche Ergebenheit gegenüber den Regierungen den Juden auf die Dauer mehr geschadet als genützt und die überkommene Abneigung der Bevölkerung eher geschürt als gemildert, da viel von dem Hass gegen den bedrückenden, alle alten Rechte und Gewohnheiten kränkenden Absolutismus mehr auf den Helfer des Fürsten als auf diesen selbst geladen wurde. Die Figur des so hoch gestiegenen und so tief gefallenen Jud Süß-Oppenheimer, auf den sich der ganze Groll der vom Absolutismus entrechteten württembergischen Stände richtete, diente noch dem Nationalsozialismus als Vorwurf für einen wirkungsvollen antisemitischen Film[2]. Was dem Hofjudentum nicht gelingen konnte, die Auflösung der gesellschaftlichen und sozialen Schranken, hat mit anfänglichem Erfolg die Aufklärung versucht. Seit der 2. Hälfte des 18. Jh.s breiteten sich auch in Deutschland jene im Rationalismus wurzelnden Auffassungen aus, nach denen der Wert des Menschen nicht durch Herkunft, Religion und Stand bestimmt ist, sondern einzig durch seine persönlichen Eigenschaften, insbesondere durch den Grad seiner Herzens- und Geistesbildung. Durch bewusste Aufgabe störender Überlieferungen und durch Aneignung fortschrittlicher Lebens- und Denkformen sei es jedem möglich, der nur willig und gescheit genug sei, in die Gemeinschaft des Geistes aufgenommen zu werden, die alle Unterschiede überbrücke – so lautete das optimistische Dogma der Aufklärer. Wir wissen heute vom Menschen mehr als sie und neigen dazu, ihre Fortschrittsgläubigkeit zu belächeln, aber es war doch ein bewegendes Ereignis in der deutschen Geschichte, dass sich so edle Geister wie Lessing und Mendelssohn in einer gemeinsamen Anschauung trafen und jeder voller Hoffnung das Volk und die Kultur des anderen zu verstehen und zu lieben trachtete. Einen erschütternden Augenblick lang – er dauerte etwa vom Ende des Siebenjährigen Krieges bis zum Aufkommen des deutschen Nationalgefühls in den Kriegen gegen Napoleon – konnte es scheinen, als ob die Idee einer alles überwindenden humanitären Toleranz die jahrhundertealten Schranken werde abbauen können.

1 *Kapitalien*: Geldmittel
2 *antisemitischer Film*: „Jud Süß“, Regie: Veit Harlan

M 2 Adolf Hitler: [Der Jude]

Der schwarzhaarige Judenjunge lauert stundenlang, satanische[1] Freude in seinem Gesicht, auf das ahnungslose Mädchen, das er mit seinem Blute schändet und damit seinem, des Mädchens, Volke raubt. Mit allen Mitteln versucht er die rassischen Grundlagen des zu unterjochenden Volkes zu verderben. So wie er selber planmäßig Frauen und Mädchen verdirbt, so schreckt er auch nicht davor zurück, selbst in größerem Umfange die Blutschranken für andere einzureißen. Juden waren es und sind es, die den Neger an den Rhein bringen, immer mit dem gleichen Hintergedanken und klaren Ziele, durch die dadurch zwangsläufig eintretende Bastardisierung[2] die ihnen verhasste weiße Rasse zu zerstören, von ihrer kulturellen und politischen Höhe zu stürzen und selber zu ihren Herren aufzusteigen.

Denn ein rassereines Volk, das sich seines Blutes bewusst ist, wird vom Juden niemals unterjocht werden können. Er wird auf dieser Welt ewig nur der Herr von Bastarden sein.

So versucht er planmäßig, das Rassenniveau durch eine dauernde Vergiftung der Einzelnen zu senken.

Politisch aber beginnt er den Gedanken der Demokratie abzulösen durch den der Diktatur des Proletariats[3].

In der organisierten Masse des Marxismus hat er die Waffe gefunden, die ihn die Demokratie entbehren lässt und ihm an Stelle dessen gestattet, die Völker diktatorisch mit brutaler Faust zu unterjochen und zu regieren.

Planmäßig arbeitet er auf die Revolutionierung in doppelter Richtung hin: in wirtschaftlicher und politischer.

Völker, die dem Angriff von innen zu heftigen Widerstand entgegensetzen, umspinnt er dank seiner internationalen Einflüsse mit einem Netz von Feinden, hetzt sie in Kriege und pflanzt endlich, wenn nötig, noch auf die Schlachtfelder die Flagge der Revolutionäre.

1 *satanisch*: teuflisch

2 *Bastardisierung*: Zeugung eines Kindes, dessen Eltern verschiedenen Rassen angehören (Bastard = Mischling)

3 *Diktatur des Proletariats*: Form der politischen Herrschaft der Arbeiterklasse: im Marxismus die Übergangsphase von der proletarischen Revolution zur klassenlosen, herrschaftsfreien Gesellschaft

M 3 Aus dem Vorspann zum Film „Der ewige Jude“ (1940)

Diese Juden wollen nicht arbeiten, sondern schachern [...] Sie drängen sich zum Handel, weil er ihrem Charakter und ihrer natürlichen Veranlagung entspricht [...] Sie tragen die jahrtausendalten Züge des ewigen Schmarotzertums im Gesicht, die Züge des Ewigen Juden [...] Eine verblüffende Parallele zu dieser jüdischen Wanderung durch die ganze Welt bieten uns die Massenwanderungen eines ebenso ruhelosen Tieres – der Ratten. Die Ratten begleiten als Schmarotzer den Menschen von den Anfängen an. Ihre Heimat ist Asien. Von dort wandern sie in riesigen Scharen über Russland und die Balkanländer nach Europa [...] Wo Ratten auch auftauchen, tragen sie Vernichtung ins Land, zerstören sie menschliche Güter und Nahrung. Auf diese Weise verbreiten sie Krankheiten, Pest, Lepra, Typhus, Cholera usw., usw. Sie sind hinterlistig, feige und grausam und treten meist in großen Scharen auf. Sie stellen von den Tieren das Element der heimtückischen und unterirdischen Zerstörung dar – nicht anders als die Juden unter den Menschen. Das Parasitenvolk der Juden stellt einen großen Teil des internationalen Verbrechertums [...]

M 4 Aus dem antisemitischen Kinderbuch „Der Giftpilz“

„Schau, Franz, genauso, wie es bei den Pilzen im Walde ist, so ist es bei den Menschen auf der Erde. Es gibt gute Pilze und es gibt gute Menschen. Es gibt giftige, also schlechte Pilze und es gibt schlechte Menschen [...] Und weißt du auch, wer nun diese schlechten Menschen, diese Giftpilze der Menschheit, sind?“, fragt die Mutter weiter. Franz wirft sich stolz in die Brust. „Jawohl, Mutter! Das weiß ich. Es sind die – Juden. Unser Lehrer hat das schon oft in der Schule gesagt.“ [...] „Recht so“, lobt die Mutter. Und dann spricht sie weiter. [...] „Also, hör zu! Da gibt es zum Beispiel den Hausierjuden [...] Ihm darf man nicht trauen! Und genauso ist es bei den Viehjuden, bei den Warenhausjuden [...], bei den Judenärzten, bei den getauften Juden [...] Sie sind nun einmal Juden und bleiben Juden. Sie sind giftig für unser Volk!“ „Wie die Giftpilze“, sagt Franz. „Ja, mein Kind! Wie ein einziger Giftpilz eine ganze Familie töten kann, so kann ein einziger Jude ein ganzes Dorf, eine ganze Stadt, ja sogar ein ganzes Volk vernichten [...] Schon unsere Buben und Mädels müssen den Juden kennen lernen.“

M 5 Hannah Vogt: Verfolger und Verfolgte im Bann des Vorurteils

Unser ganzes Leben, Wachsen und Reifen besteht darin, dass wir Urteile übernehmen, Erfahrungen machen, sie verallgemeinern, sie dann wieder überprüfen, neue Schlüsse aus vermehrter Erfahrung ziehen und so fort. Das ist manchmal recht unbequem. Umlernen ist mit Anstrengung verbunden. Aber es ist die einzige Art und Weise, die einer sich ständig verändernden und differenzierten Wirklichkeit entspricht.

Von einem Vorurteil sprechen wir erst dann, wenn ein einmal akzeptiertes Urteil nicht mehr an der Wirklichkeit revidiert[1], wenn vielmehr starr daran festgehalten wird und widersprechende Tatsachen entweder gar nicht oder allenfalls noch als „Ausnahmen" zur Kenntnis genommen werden.

Es gibt positive und negative Vorurteile. Das negative Vorurteil richtet sich in der Regel gegen andere Menschen oder Menschengruppen. Positiv aber sind wir fast immer für uns selbst und für die eigene Gruppe eingenommen. Es ist mit Recht gesagt worden: „Niemand wird mit Vorurteilen gegen andere geboren; aber jeder wird geboren mit einem Vorurteil zu seinen eigenen Gunsten." Diese von Selbstliebe diktierte Voreingenommenheit pflegt man in der Sozialpsychologie[2] nicht als Vorurteil zu bezeichnen. Sie ist aber so etwas wie der Mutterboden für Vorurteile. Weil es so leicht ist, jedem einzureden, dass die Speisen, die er von Jugend an gewöhnt ist, die besten sind; dass der Gott, an den er glaubt, der wahre Gott sei; dass die politische Meinung, die er selbst hegt, allein das Heil verbürge und dem „Allgemeinwohl" entspräche; dass das Volk, dem er angehört, mit den vortrefflichsten Eigenschaften und Einrichtungen ausgestattet und dass seine Rasse allein hochwertig und zur Weltherrschaft bestimmt sei, darum ist es zugleich so leicht, ihm das Fremde, das Andere verächtlich zu machen oder zu verteufeln. Man kann die ganze Geschichte der Verfolgungen, [wie sie sich in unseren Texten spiegelt,] durchgehen und man wird diesen Zusammenhang bestätigt finden.

Wenn man nun die negativen Urteile gegen andere Menschengruppen, die durch Erfahrung nicht mehr zu revidieren sind, näher untersucht, dann erweist es sich, dass sie im Grunde genommen mit Urteilen nur wenig zu tun haben; sie dienen vielmehr dazu, Haltungen der Abneigung, der Feindseligkeit, des Hasses zu motivieren[3]. Man hat darum das Vorurteil auch als Affekturteil[4] bezeichnet, weil es sich jeder rationalen[5] Überprüfung entzieht und umso enger mit Affekten, mit Gefühlen, vor allem mit dem Hass verknüpft ist. Wenn man mit jemandem spricht, der ein Vorurteil gegen Gammler hat, dann wird er sofort erregt, er lässt gar nicht mehr „mit sich reden", er wird heftig, ruft „Unerhört!" und unter Hitler habe es das nicht gegeben, der Arbeitsdienst müsse wieder her, man solle die Kerle alle ins KZ stecken usw.

1 *revidieren*: überprüfen
2 *Sozialpsychologie*: Wissenschaft, die sich mit den geistig-seelischen Voraussetzungen und Wirkungen des gesellschaftlichen Zusammenlebens befasst
3 *motivieren*: begründen
4 *Affekturteil*: ein Urteil, das auf starken Gefühlsbewegungen und Erregungen beruht
5 *rational*: vernunftgemäß, auf Vernunft beruhend

Diese Haltungen sind das eigentlich Dauerhafte, sie sind oft unangreifbar. Der Vorurteilsbehaftete verschanzt sich hinter wechselnden Begründungen. Die folgende Anekdote zeigt das recht lehrreich: „Ein weißer Lastfahrer in Rhodesien fuhr an einer Gruppe von müßigen Eingeborenen vorbei und murmelte: ‚Sie sind faule Viecher!‘ Wenige Stunden später sah er Eingeborene, die zwei Zentner schwere Kornsäcke auf einen Lastwagen luden und diese Arbeit mit rhythmischem Gesang begleiteten. ‚Richtige Wilde‘, knurrte er, ‚was kann man von ihnen schon anderes erwarten!‘“

Die Starrheit der zugrunde liegenden Haltung und die gleichzeitige Auswechselbarkeit der „Begründungen“ macht das Vorurteil so außerordentlich gefährlich. Es ist unzugänglich für Argumente und Diskussionen. Nach alldem bisher Gesagten können wir bereits den Schluss ziehen, dass das Vorurteil nur wenig mit dem zu tun hat, gegen den es sich richtet, aber viel mit dem, der es hat. Nicht der Verfolgte, sondern der Verfolger ist Schlüsselfigur. Diese Erkenntnis ist noch keineswegs Allgemeingut. Fragt man heute den Mann auf der Straße, wie es zu den Judenverfolgungen des Dritten Reiches habe kommen können, dann distanziert[1] er sich in der Regel von den Exzessen[2], verweist aber doch gern auf die Rolle der jüdischen Viehhändler oder der Journalisten oder der Bankiers oder der so genannten Ostjuden, die wohl den Anlass zu der allgemeinen Antipathie[3] geliefert hätten. Er ist also überzeugt, die Juden selbst hätten durch ihr Verhalten den Antisemitismus mitverschuldet. Blicken wir hingegen heute zurück auf die Zeit der Hexenverbrennungen, dann ist uns klar, dass sie nicht verursacht wurden durch Frauen, die auf dem Besen ritten, mit dem Teufel buhlten und Kinder und Vieh verhexten, sondern durch den Verfolgungswahn fanatisierter, unaufgeklärter, abergläubischer Menschen.

Wir haben das Wahnhafte des Hexenaberglaubens erkannt, dagegen sind wir noch weitgehend nicht aufgeklärt genug, um auch das Wahnhafte des Antisemitismus und des Negerhasses zu durchschauen.

1 sich *distanzieren*: von etwas abrücken; hier: ablehnen
2 *Exzesse*: Auswüchse, Ausschreitungen
3 *Antipathie*: Abneigung, Ablehnung

Text erschließende Aufgaben zu Franz Fühmann: „Das Judenauto“

I. Aufgaben, die sich unmittelbar auf den Text beziehen

- *Tragt zusammen, welche Handlungen/Geschehnisse in dem Text euch nicht einleuchten, und versucht zu begründen, warum.*
- *Wir vermuten zum Beispiel, dass euch die Funktion der Einleitung bis „[...] auch wenn danach Bitteres geschehen ist ...“ beim ersten Lesen nicht verständlich geworden ist. Der Erzähler leitet die Kurzgeschichte mit einer Schilderung verschiedener Begebenheiten und Personen aus seiner frühen Kindheit ein, an die er sich erinnert. Mit welchem(n) Gefühl(en) verbinden sich die Erinnerungen zunehmend mehr, je älter der Erzähler wird?*

Wir müssen die Frage nach der Aufgabe der Einleitung jetzt zurückstellen, bis wir Erkenntnisse über den Hauptteil gewonnen haben.

- *Die meisten von euch werden sich vermutlich wie die Jungen in diesem Text gegenüber der aufgebrachten Erzählung der Gudrun K. zunächst überlegen fühlen. Woran liegt es, dass diese dennoch bald die gesamte Klasse in ihren Bann schlägt?*
- *Erklärt im Einzelnen, weshalb das im Schonraum der Klasse sich ausbreitende Gefühl den Jungen auf dem Heimweg mit aller Gewalt packt.*
- *Das andere Mädchen, das des Erzählers Phantasie immer wieder beschäftigt, befreit mit ihrem Bericht über das Judenauto, das keines war, am anderen Tage die Klasse; der Erzähler aber gerät völlig aus der Fassung. Wie versteht ihr diese Verwirrung der Gefühle und dass er wider eindeutigen Beweis der Klassenkameradin an seinem Bild von den Juden festhält?*

Es wird euch inzwischen klar geworden sein, dass das Gefühl der Angst die Einleitung und den Hauptteil verbindet.

- *Es gibt aber einen genaueren und umfassenderen Begriff, der insbesondere das vernunftwidrige Verhalten innerhalb der Erzählung und vor allem das des Erzählers am Ende des Textes beschreibt.*
- *Zwei Skizzen, die ihr jetzt anfertigen könnt, mögen euch verdeutlichen, weshalb der Erzähler in eine besondere zwanghafte Situation geraten ist.*
  Zeichnet einen Kreis mit mehreren Segmenten, in die ihr knapp die verschiedenen Ängste eintragt, die, beginnend mit den Kindheitserinnerungen, auf den Erzähler eindringen. In die Mitte des Kreises soll mit einem Begriff das Verhalten, das alle diese Ängste nährt und das die Fassungslosigkeit des Erzählers am Ende begreiflich macht, bezeichnet werden.
  Bei einer zweiten Skizze, betitelt „Die Strategie (Vorgehensweise) des Erzählers“,

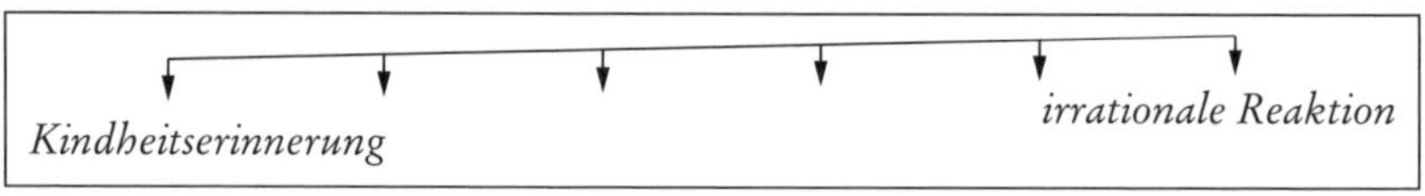

beginnt ihr wiederum mit den Kindheitserinnerungen und schließt mit der vernunftwidrigen Reaktion am Ende der Kurzgeschichte. Diese Skizze soll verdeutlichen, wie sich das Verhalten des Jungen am Schluss der Kurzgeschichte aufgebaut und verfestigt hat.

II. Aufgaben, die über den Text hinausgehen

Die Argumente im Text von Fühmann, die die Juden als Verursacher allen Unheils dieser Welt abstempeln, werdet ihr nicht so unbezweifelt hinnehmen können wie der Icherzähler als Kind. Ihr werdet euch vielmehr fragen, weshalb Vorurteile gegen eine Rasse in den dreißiger Jahren des letzten Jahrhunderts so starke Verbreitung finden konnten. Dazu ist es notwendig, in Gruppenarbeit die der Kurzgeschichte Fühmanns beigefügten Quellentexte zu Rate zu ziehen.

Gruppe 1: Stellt die Vorurteile aus der Kurzgeschichte selbst systematisch zusammen.

Gruppe 2: Ermittelt die Vorurteile aus den Quellentexten M 1–M 3.

Gruppe 3: Tragt die Gründe zusammen, die Ludger Graf von Westphalen in Quellentext M1 für die Entstehung der Vorurteile aufführt.

Stellt die Ergebnisse jetzt in einer dreispaltigen Tabelle einander gegenüber:

Vorurteile aus der Kurzgeschichte	*Vorurteile aus den Quellen*	*Gründe für die Entstehung der Vorurteile*
...	...	...

Wenn man die Gründe für Vorurteile anderer durchschaut hat, stellt sich leicht eine trügerische Sicherheit gegenüber Vorurteilen überhaupt ein. Leicht glaubt man, selbst frei von Vorurteilen zu sein. Zumindest denken viele, sie seien allein mit der Vernunft zu bekämpfen. Um diesen falschen Optimismus aufzulösen, könnt ihr euch aus zwei Themen für die Hausaufgabe eines auswählen:

1. *Nennt andere völkische Minderheiten und tragt Vorurteile ihnen gegenüber zusammen, die ihr aus Gesprächen und den Massenmedien kennt. Führt gesondert solche Urteile auf, bei denen ihr nicht sicher seid, ob es sich um Vorurteile handelt, z. B. „Zigeuner stehlen".*
2. *Macht praktische Vorschläge, wie eures Erachtens in der frühkindlichen Erziehung, in der Schule und in der Öffentlichkeit Vorurteilen gegenüber Völkern/Rassen begegnet werden kann. Beachtet dabei die Erkenntnis aus der Kurzgeschichte, dass der einfache Appell an die Vernunft nicht ausreicht. Lest euch auch gründlich den Text M 5 von Hannah Vogt „Verfolger und Verfolgte im Bann des Vorurteils" durch, der ebenfalls Hinweise darauf gibt, welche Schwierigkeiten sich der Überwindung von Vorurteilen entgegenstellen.*

V AUSWAHL AUS INTERPRETATIONEN ZU EINER KURZGESCHICHTE

Ihr habt euch in vielfältiger Weise mit Kurzgeschichten auseinandergesetzt. Dabei habt ihr immer selbst versucht Zugänge zu den Texten zu finden und über verschiedene methodische Ansätze eine Interpretation der Texte zu erarbeiten.

In diesem Kapitel soll eine andere Möglichkeit der Arbeit mit einer Kurzgeschichte aufgezeigt werden. Der Schwerpunkt liegt auf der kritischen Auseinandersetzung mit Interpretationen eines Textes durch andere. Wir haben dafür zwei Auszüge aus Interpretationen der Kurzgeschichte „Die unwürdige Greisin" von Bertolt Brecht ausgewählt.

Der Sinn einer solchen Auseinandersetzung mit Interpretationen kann darin liegen, dass ihr erkennt, dass nicht nur innerhalb einer Klasse oft verschiedene Ansichten zu einem Text vertreten werden, sondern dass auch von den so genannten Experten dichterische Texte unterschiedlich aufgefasst und verstanden werden. Die Aufnahme eines Textes hängt also nicht nur von diesem selbst ab, sondern wird offensichtlich auch von anderen Faktoren, die vornehmlich mit der Situation und der Person des Lesers zu tun haben, gesteuert.

Wir schlagen für den Unterrichtsablauf folgende Schritte vor:

1. Damit ihr euch intensiv mit den Interpretationen anderer befassen könnt, ist es unerlässlich, dass ihr zunächst selbst die Kurzgeschichte interpretiert. Ihr könnt dabei auf Methoden der Textanalyse zurückgreifen, die ihr bei der Behandlung der anderen Kurzgeschichten gelernt und erprobt habt. Das sollte möglichst in Form von Gruppenarbeit geschehen, deren Ergebnisse in der Großgruppe bekannt gegeben und erörtert werden. Dieser Unterrichtsschritt ist deshalb sinnvoll, weil dabei sicherlich verschiedene Auffassungen der Kurzgeschichte von Brecht vorgebracht, erläutert und diskutiert werden. Eine Leitfrage könnte sein: Wie ist es zu erklären, dass bei der Interpretation des Textes von Brecht (oder überhaupt von Kurzgeschichten) unterschiedliche Akzente gesetzt werden, verschiedene Auffassungen, ja möglicherweise konträre Meinungen entstehen? Wie weit hängt das mit dem Text selbst, wie stark mit den Lesern zusammen?
2. Nachdem ihr eure Interpretationen der Kurzgeschichte „Die unwürdige Greisin" besprochen habt, könnt ihr euch mit den Textauszügen von Brinkmann und Kliewer befassen. Beide Textbeispiele sind werkimmanente Interpretationen, d.h., die Aussagen zum Text basieren (fast) ausschließlich auf diesem selbst. Die Methode der werkimmanenten Literaturbetrachtung ist ausführlicher im Kapitel IV eingeführt worden.

   Wir haben den Auszügen von Brinkmann und Kliewer einige Arbeitsanregungen beigefügt. Eine Möglichkeit wäre, dass ihr euch zunächst mit Hilfe dieser Arbeitsanregungen ein Verständnis des interpretatorischen Ansatzes und der

Argumentation in jedem Textauszug verschafft, um die beiden Deutungen anschließend zu vergleichen und zu beurteilen.

3. Bei der Bewertung der Textauszüge werdet ihr selbstverständlich auf eure Leseerfahrungen mit dem Text von Brecht und eure Interpretationen der Geschichte zurückgreifen. Es kann sich herausstellen, dass ihr einige eurer Ansichten jetzt ändert bzw. revidiert oder dass ihr mit einigen Ansichten der Interpretationsauszüge nicht einverstanden seid. Wichtig ist, dass ihr die Frage nach den Gründen für die unterschiedlichen Auffassungen von dichterischen Werken nicht aus den Augen verliert. Sie könnte auf andere von euch unterschiedlich aufgenommene Kurzgeschichten der Reihe ausgedehnt werden.

Bertolt Brecht Die unwürdige Greisin

Bertolt Brecht (1898–1956) gilt als einer der wirkungsvollsten Dramatiker des 20. Jahrhunderts. Brecht wurde in Augsburg geboren und wandte sich nach Studien der Philosophie und der Medizin bald der Schriftstellerei („Baal“, 1919) und dem Theater (Mitarbeit an den Münchner Kammerspielen) zu. 1924 ging Brecht als Dramaturg an das Deutsche Theater in Berlin. In dieser Stadt beschäftigte er sich neben der Theaterarbeit mit den Theorien des Marxismus und versuchte seine schriftstellerische Tätigkeit in den Dienst der Arbeiterklasse und des Sozialismus zu stellen. Einer seiner großen Erfolge in Berlin war die „Dreigroschenoper“ (1928).

Als Hitler und die Nationalsozialisten 1933 an die Macht kamen, musste Brecht wie viele andere deutsche Schriftsteller emigrieren. Er gelangte nach Aufenthalten in der Tschechoslowakei, der Schweiz, in Frankreich, Dänemark, Schweden, Finnland und in der Sowjetunion 1941 in die USA. In die letzten Jahre seines Exils fallen die Veröffentlichung und Aufführung von mehreren seiner bedeutenden Stücke, wie z. B. „Leben des Galilei“, „Der gute Mensch von Sezuan“, „Mutter Courage und ihre Kinder“ und „Der kaukasische Kreidekreis“.

Nach seiner Rückkehr aus den USA (1947) lebte Brecht in der DDR, wo er in Ostberlin das berühmte Theater „Berliner Ensemble“ gründete und leitete.

Brecht erhielt wichtige Literaturpreise der DDR und war 1953 Präsident des deutschen PEN-Zentrums, einer Schriftstellervereinigung. Der Text „Die unwürdige Greisin“ wurde 1939 geschrieben und 1949 in den „Kalendergeschichten“ veröffentlicht, einer Sammlung nachdenklicher Geschichten für alle Schichten der Bevölkerung.

Meine Großmutter war zweiundsiebzig Jahre alt, als mein Großvater starb. Er hatte eine kleine Lithographenanstalt[1] in einem badischen Städtchen und arbeitete darin mit zwei, drei Gehilfen bis zu seinem Tod. Meine Großmutter besorgte ohne Magd den Haushalt, betreute das alte, wacklige Haus und kochte für die Mannsleute und Kinder.

Sie war eine kleine magere Frau mit lebhaften Eidechsenaugen, aber langsamer Sprechweise. Mit recht kärglichen Mitteln hatte sie fünf Kinder großgezogen – von den sieben, die sie geboren hatte. Davon war sie mit den Jahren kleiner geworden.

Von den Kindern gingen die zwei Mädchen nach Amerika, und zwei der Söhne

1 *Lithografie*: Steinzeichnung. In einer Lithografenanstalt werden Platten für den Steindruck hergestellt.

zogen ebenfalls weg. Nur der Jüngste, der eine schwache Gesundheit hatte, blieb im Städtchen. Er wurde Buchdrucker und legte sich eine viel zu große Familie zu.

So war sie allein im Haus, als mein Großvater gestorben war.

Die Kinder schrieben sich Briefe über das Problem, was mit ihr zu geschehen hätte. Einer konnte ihr bei sich ein Heim anbieten, und der Buchdrucker wollte mit den Seinen zu ihr ins Haus ziehen. Aber die Greisin verhielt sich abweisend zu den Vorschlägen und wollte nur von jedem ihrer Kinder, das dazu imstande war, eine kleine geldliche Unterstützung annehmen. Die Lithographenanstalt, längst veraltet, brachte fast nichts beim Verkauf, und es waren auch Schulden da.

Die Kinder schrieben ihr, sie könne doch nicht ganz allein leben, aber als sie darauf überhaupt nicht einging, gaben sie nach und schickten ihr monatlich ein bißchen Geld. Schließlich, dachten sie, war ja der Buchdrucker im Städtchen geblieben.

Der Buchdrucker übernahm es auch, seinen Geschwistern mitunter über die Mutter zu berichten. Seine Briefe an meinen Vater und was dieser bei einem Besuch und nach dem Begräbnis meiner Großmutter zwei Jahre später erfuhr, geben mir ein Bild von dem, was in diesen zwei Jahren geschah.

Es scheint, daß der Buchdrucker von Anfang an enttäuscht war, daß meine Großmutter sich weigerte, ihn in das ziemlich große und nun leerstehende Haus aufzunehmen. Er wohnte mit vier Kindern in drei Zimmern. Aber die Greisin hielt überhaupt nur eine sehr lose Verbindung mit ihm aufrecht. Sie lud die Kinder jeden Sonntagnachmittag zum Kaffee, das war eigentlich alles.

Sie besuchte ihren Sohn ein- oder zweimal in einem Vierteljahr und half der Schwiegertochter beim Beereneinkochen. Die junge Frau entnahm einigen ihrer Äußerungen, daß es ihr in der kleinen Wohnung des Buchdruckers zu eng war. Dieser konnte sich nicht enthalten, in seinem Bericht darüber ein Ausrufezeichen anzubringen.

Auf eine schriftliche Anfrage meines Vaters, was die alte Frau denn jetzt so mache, antwortete er ziemlich kurz, sie besuche das Kino.

Man muß verstehen, daß das nichts Gewöhnliches war, jedenfalls nicht in den Augen ihrer Kinder. Das Kino war vor dreißig Jahren noch nicht, was es heute ist. Es handelte sich um elende, schlecht gelüftete Lokale, oft in alten Kegelbahnen eingerichtet, mit schreienden Plakaten vor dem Eingang, auf denen Morde und Tragödien der Leidenschaft angezeigt waren. Eigentlich gingen nur Halbwüchsige hin oder, des Dunkels wegen, Liebespaare. Eine einzelne alte Frau mußte dort sicher auffallen.

Und so war noch eine andere Seite dieses Kinobesuches zu bedenken. Der Eintritt war gewiß billig, da aber das Vergnügen ungefähr unter den Schleckereien rangierte, bedeutete es „hinausgeworfenes Geld". Und Geld hinauszuwerfen war nicht respektabel.

Dazu kam, daß meine Großmutter nicht nur mit ihrem Sohn am Ort keinen regelmäßigen Verkehr pflegte, sondern auch sonst niemanden von ihren Bekannten besuchte oder einlud. Sie ging niemals zu den Kaffeegesellschaften des Städtchens. Dafür besuchte sie häufig die Werkstatt eines Flickschusters in einem armen und sogar etwas verrufenen Gäßchen, in der, besonders nachmittags, allerlei nicht besonders respektable Existenzen herumsaßen, stellungslose Kellnerinnen und Handwerksburschen. Der Flickschuster war ein Mann in mittleren Jahren, der in der ganzen Welt herumgekommen war, ohne es zu etwas gebracht zu haben. Es hieß auch, daß er trank. Er war jedenfalls kein Verkehr für meine Großmutter.

Der Buchdrucker deutete in einem Brief an, daß er seine Mutter darauf hingewiesen, aber einen recht kühlen Bescheid bekommen habe. „Er hat etwas gesehen", war ihre Antwort, und das Gespräch war damit zu Ende. Es war nicht leicht, mit meiner Großmutter über Dinge zu reden, die sie nicht bereden wollte.

Etwa ein halbes Jahr nach dem Tod des Großvaters schrieb der Buchdrucker meinem Vater, daß die Mutter jetzt jeden zweiten Tag im Gasthof esse.

Was für eine Nachricht! Großmutter, die zeit ihres Lebens für ein Dutzend Menschen gekocht und immer nur die Reste aufgegessen hatte, aß jetzt im Gasthof! Was war in sie gefahren?

Bald darauf führte meinen Vater eine Geschäftsreise in die Nähe, und er besuchte seine Mutter.

Er traf sie im Begriffe, auszugehen. Sie nahm den Hut wieder ab und setzte ihm ein Glas Rotwein mit Zwieback vor. Sie schien ganz ausgeglichener Stimmung zu sein, weder besonders aufgekratzt noch besonders schweigsam. Sie erkundigte sich nach uns, allerdings nicht sehr eingehend, und wollte hauptsächlich wissen, ob es für die Kinder auch Kirschen gäbe. Da war sie ganz wie immer. Die Stube war natürlich peinlich sauber, und sie sah gesund aus.

Das einzige, was auf ihr neues Leben hindeutete, war, daß sie nicht mit meinem Vater auf den Gottesacker gehen wollte, das Grab ihres Mannes zu besuchen. „Du kannst allein hingehen", sagte sie beiläufig, „es ist das dritte von links in der elften Reihe. Ich muß noch wohin."

Der Buchdrucker erklärte nachher, daß sie wahrscheinlich zu ihrem Flickschuster mußte. Er klagte sehr.

„Ich sitze hier in diesen Löchern mit den Meinen und habe nur noch fünf Stunden Arbeit und schlecht bezahlte, dazu macht mir mein Asthma wieder zu schaffen, und das Haus in der Hauptstraße steht leer."

Mein Vater hatte im Gasthof ein Zimmer genommen, aber erwartet, daß er zum Wohnen doch von seiner Mutter eingeladen werden würde, wenigstens pro forma, aber sie sprach nicht davon. Und sogar als das Haus voll gewesen war, hatte sie immer etwas dagegen gehabt, daß er nicht bei ihnen wohnte und dazu das Geld für das Hotel ausgab!

Aber sie schien mit ihrem Familienleben abgeschlossen zu haben und neue Wege zu gehen, jetzt, wo ihr Leben sich neigte. Mein Vater, der eine gute Portion Humor besaß, fand sie „ganz munter" und sagte meinem Onkel, er solle die alte Frau machen lassen, was sie wolle.

Aber was wollte sie?

Das nächste, was berichtet wurde, war, daß sie eine Bregg bestellt hatte und nach einem Ausflugsort gefahren war, an einem gewöhnlichen Donnerstag. Eine Bregg war ein großes, hochrädriges Pferdegefährt mit Plätzen für ganze Familien. Einige wenige Male, wenn wir Enkelkinder zu Besuch gekommen waren, hatte Großvater die Bregg gemietet. Großmutter war immer zu Hause geblieben. Sie hatte es mit einer wegwerfenden Handbewegung abgelehnt, mitzukommen.

Und nach der Bregg kam die Reise nach K., einer größeren Stadt, etwa zwei Eisenbahnstunden entfernt. Dort war ein Pferderennen, und zu dem Pferderennen fuhr meine Großmutter.

Der Buchdrucker war jetzt durch und durch alarmiert. Er wollte einen Arzt hinzugezogen haben. Mein Vater schüttelte den Kopf, als er den Brief las, lehnte aber die Hinzuziehung eines Arztes ab.

Nach K. war meine Großmutter nicht allein gefahren. Sie hatte ein junges Mädchen mitgenommen, eine halb Schwachsinnige, wie der Buchdrucker schrieb, das Küchenmädchen des Gasthofs, in dem die Greisin jeden zweiten Tag speiste.

Dieser „Krüppel“ spielte von jetzt ab eine Rolle.

Meine Großmutter schien einen Narren an ihr gefressen zu haben. Sie nahm sie mit ins Kino und zum Flickschuster, der sich übrigens als Sozialdemokrat herausgestellt hatte, und es ging das Gerücht, daß die beiden Frauen bei einem Glas Rotwein in der Küche Karten spielten.

„Sie hat dem Krüppel jetzt einen Hut gekauft mit Rosen drauf“, schrieb der Buchdrucker verzweifelt. „Und unsere Anna hat kein Kommunionskleid!“

Die Briefe meines Onkels wurden ganz hysterisch[1], handelten nur von der „unwürdigen Aufführung unserer lieben Mutter“ und gaben sonst nichts mehr her. Das Weitere habe ich von meinem Vater.

Der Gastwirt hatte ihm mit Augenzwinkern zugeraunt: „Frau B. amüsiert sich ja jetzt, wie man hört.“

In Wirklichkeit lebte meine Großmutter auch diese letzten Jahre keinesfalls üppig. Wenn sie nicht im Gasthof aß, nahm sie meist nur ein wenig Eierspeise zu sich, etwas Kaffee und vor allem ihren geliebten Zwieback. Dafür leistete sie sich einen billigen Rotwein, von dem sie zu allen Mahlzeiten ein kleines Glas trank. Das Haus hielt sie sehr rein, und nicht nur die Schlafstube und die Küche, die sie benutzte. Jedoch nahm sie darauf ohne Wissen ihrer Kinder eine Hypothek[2] auf. Es kam niemals heraus, was sie mit dem Geld machte. Sie scheint es dem Flickschuster gegeben zu haben. Er zog nach ihrem Tod in eine andere Stadt und soll dort ein größeres Geschäft für Maßschuhe eröffnet haben.

Genau betrachtet lebte sie hintereinander zwei Leben. Das eine, erste, als Tochter, als Frau und als Mutter, und das zweite einfach als Frau B., eine alleinste-

1 *hysterisch*: hier: fassungslos
2 *Hypothek*: im Grundbuch eingetragenes Pfandrecht an einem Grundstück oder Haus

hende Person ohne Verpflichtungen und mit bescheidenen, aber ausreichenden Mitteln. Das erste Leben dauerte etwa sechs Jahrzehnte, das zweite nicht mehr als zwei Jahre.

Mein Vater brachte in Erfahrung, daß sie im letzten halben Jahr sich gewisse Freiheiten gestattete, die normale Leute gar nicht kennen. So konnte sie im Sommer früh um drei Uhr aufstehen und durch die leeren Straßen des Städtchens spazieren, das sie so für sich ganz allein hatte. Und den Pfarrer, der sie besuchen kam, um der alten Frau in ihrer Vereinsamung Gesellschaft zu leisten, lud sie, wie allgemein behauptet wurde, ins Kino ein!

Sie war keineswegs vereinsamt. Bei dem Flickschuster verkehrten anscheinend lauter lustige Leute, und es wurde viel erzählt. Sie hatte dort immer eine Flasche ihres eigenen Rotweins stehen, und daraus trank sie ihr Gläschen, während die anderen erzählten und über die würdigen Autoritäten der Stadt loszogen. Dieser Rotwein blieb für sie reserviert, jedoch brachte sie mitunter der Gesellschaft stärkere Getränke mit.

Sie starb ganz unvermittelt, an einem Herbstnachmittag in ihrem Schlafzimmer, aber nicht im Bett, sondern auf dem Holzstuhl am Fenster. Sie hatte den „Krüppel“ für den Abend ins Kino eingeladen, und so war das Mädchen bei ihr, als sie starb. Sie war vierundsiebzig Jahre alt.

Ich habe eine Fotografie von ihr gesehen, die sie auf dem Totenbett zeigt und die für die Kinder angefertigt worden war. Man sieht ein winziges Gesichtchen mit vielen Falten und einen schmallippigen, aber breiten Mund. Viel Kleines, aber nichts Kleinliches. Sie hatte die langen Jahre der Knechtschaft und die kurzen Jahre der Freiheit ausgekostet und das Brot des Lebens aufgezehrt bis auf den letzten Brosamen.

(Der Text ist nicht rechtschreibreformiert.)

M 1 Karl Brinkmann: [Brechts „Unwürdige Greisin"]

Die „Unwürdige Greisin" [...] ist einfach und konzentriert in Form und Sprache. Und sie hat auch eine erzieherische Intention[1]. Nur gewaltsam aber kann man die politisch-didaktische[2] Intention hineininterpretieren. Sie ist nicht in der Erzählung und auch nicht geheimnisvoll hinter ihr. Es ist eine alltägliche Lebenserfahrung, der die Großmutter folgt. Nur die egoistische Gier nach ihrem Haus und immer noch geringen Besitz eines ihrer Söhne, der in seinem bürgerlichen Leben erfolglos blieb, sieht sie als „unwürdige Greisin". Der Titel ist ironisch gemeint. Sie ist weder „unwürdig" noch besonders würdig, sie folgt im Alter nur Erfahrungen, die sie ein langes Leben hindurch machte. Nicht sie entfremdet sich ihrer Familie, das tat das Leben selbst. Ihre auswärts lebenden Kinder sind ihr und dem Lebenskreis, aus dem sie hervorgingen, entwachsen. Ihr jüngster Sohn ist zwar im Städtchen verblieben, hat dort aber nicht recht Fuß fassen können und ist unzufrieden. Er kann es nicht fassen, dass die Mutter im hohen Alter aufhört, ihr eigenes Leben für das der Kinder aufzuopfern. Die Großmutter drängt sich nicht in das Leben ihrer erwachsenen und selbstständig gewordenen Kinder. Als einer ihr ein Heim bei sich anbietet, lehnt sie ab. Jetzt möchte auch sie unabhängig und selbstständig sein. Sie wird weder übermütig noch üppig, der Schrei des um sein Geld fürchtenden Buchdruckers nach dem Psychiater[3] ist unberechtigt. Mit ihren bescheidenen Mitteln sucht sie einen Weg, der ihr die Einsamkeit des Alters erspart und ihr noch einen Blick in die Welt gibt, die ihr vorher im engen Kreis der Alltagspflichten versperrt war. Gewiss befremdet das manchen im Städtchen, es gibt dem Klatsch Raum. Aber der Dichter tut alles, das Leben der Greisin als richtig darzustellen, und damit gibt er die Lehre, die uralte Volksweisheit ist, wie sie seit Rüdiger von Hünckhoven um 1300 in vielen Volkserzählungen wiedergegeben wird. Man muss für sein Alter vorsorgen, wenn man nicht vereinsamt und elend enden will. Die Kinder werden erwachsen und entwachsen der mütterlichen Fürsorge. Es kann schlimm um den alten Menschen stehen, der sich von ihnen abhängig macht, sogar oder erst recht dann, wenn die äußeren Lebensumstände der Kinder, die im bürgerlichen Leben voran- und zu Wohlstand gekommen sind, wesentlich besser sind als die ihrer Kindheit. Diese Änderung führt zur Entfremdung zwischen ihnen und dem alten Menschen: Die Großmutter passt nicht in ihren neuen Lebenskreis. Das mag in einem bäuerlichen Milieu[4] weniger fühlbar sein, in der bürgerlichen Welt mit ihrer breiten Fächerung vom klein- oder gar kleinstbürgerlichen Lebensstil bis zum wohl situierten und besitzenden Bürgertum kann es zur Qual für den alten Menschen werden. Wer es aber zu nichts bringt, bleibt dennoch ehrgeizig und immer empfänglich für anderer Leute Geld.

Die Großmutter der Kalendergeschichte weiß das und handelt danach. Ihr ganzes Leben wird zur Einheit. Sie akzeptiert ohne Auflehnung und Murren das

1 *Intention*: Absicht
2 *didaktisch*: lehrhaft
3 *Psychiater*: Nervenarzt, Arzt für Gemütskrankheiten
4 *Milieu* (frz.): Lebensumstände, Umwelt

harte und opferreiche lange Leben als Tochter, Frau und Mutter und fügt ihm ohne Bruch ihrer Verhältnisse und ohne höhere Ansprüche die wenigen Jahre an, in denen sie allein stehend und nur noch „Frau B." ist, in denen sie tun und lassen kann, was sie will, wie es der Vater des Erzählers dem Bruder vorgeschlagen hat. Alles war und blieb klein in ihrem Leben, aber nie war sie kleinlich, nicht in der Aufopferung für die Familie noch in den bescheidenen Vergnügen der letzten zwei Jahre. Der Dichter selbst erspart dem Leser im Grunde die Interpretation, er interpretiert im letzten Satz selbst: „Sie hatte die langen Jahre der Knechtschaft und die kurzen Jahre der Freiheit ausgekostet und das Brot des Lebens aufgezehrt bis auf den letzten Brosamen." Weil sie ihr Leben als Einheit lebt, ist sie menschlich groß auch in kleinen Verhältnissen. Darum wird auch der Buchdrucker mit seinen selbstsüchtigen Nörgeleien dem Leser immer unsympathischer, während er die Großmutter von Herzen lieb gewinnt.

M 2 Heinz-Jürgen Kliewer: Brechts „Unwürdige Greisin" – Lehrstück oder Propaganda?

Ein Bild, eine Fotografie ergänzt im letzten Abschnitt die zusammengetragenen Informationen und gibt unmittelbaren Anlass zu dem sentenzhaften Schluss. Überall wird die Absicht des Autors deutlich, das Urteil der Umwelt über das Verhalten der Frau darzustellen. Nicht die Handlungsweise der Mutter allein, auch nicht die Entwicklung ihrer Persönlichkeit ist Gegenstand der Erzählung, sondern die Reaktion, die ihr Tun bei den Kindern hervorruft. Ihr Betragen wird ja in dem Maße ungewöhnlich, ja „unwürdig", wie es sich von den Vorurteilen der anderen abhebt.

Um dieses wichtige Moment in der Erzählung deutlich zu machen, bedient sich der Dichter einer polyperspektivischen Erzähltechnik. Hier wird nicht ein scharf umrissenes Bild von der Person der alten Frau gezeichnet, sondern es wird von verschiedenen Betrachtern mosaikartig zusammengesetzt mit Hilfe von Briefaussagen, Berichten, Urteilen und der Erwähnung von Gerüchten. Es fällt auf, dass die Alte nur als Handelnde, nicht als Reflektierende oder Erlebende erscheint. Um aber ein Äquivalent zu den Meinungen der sie beobachtenden Personen, der Kinder und Verwandten, zu schaffen, führt der Dichter noch das erzählende Ich in seine Geschichte ein. Es kann um der Kontrastwirkung willen die Meinung des Autors zur Geltung bringen. […]

Das Verhalten der Großmutter spiegelt sich einmal in den Aussagen der Familienangehörigen und wird andererseits reflektiert und interpretiert von dem Enkel (= Erzähler). Der Autor distanziert sich durch diesen Kunstgriff von seinem Erzählgegenstand und verlangt damit eine urteilende Stellungnahme des Lesers. Der zunächst wörtlich zu nehmende Titel der Geschichte „Die unwürdige Greisin" wird im Verlauf der Erzählung mehr und mehr relativiert[1] und in Frage gestellt. Ein eindeutiges Urteil über die Handlungsweise der alten Frau wird deshalb vermieden, weil dem Leser dann eigenes kritisches Nachdenken abgenommen

1 *relativieren*: einschränken

würde. Hierin macht sich die erzieherische Intention Brechts bemerkbar. Selbst am Schluss des Textes, wo der Autor seine Meinung ausdrücklich den allgemein herrschenden Meinungen der wirklichen Welt gegenüberstellt, will er sie nicht absolut setzen, sondern zu bedenken geben. Die Technik, einen Gegenstand von verschiedenen Seiten her zu beleuchten, bestimmt auch die Anordnung des Stoffes: Erzählergegenwart und Handlungsgegenwart wechseln miteinander ab oder überschneiden sich. Am deutlichsten tritt der Erzähler in Erscheinung, wenn er das Berichtete kommentiert und seine Meinung zum Ausdruck bringt. Am wenigsten präsent ist er, wenn objektiv beschrieben oder erzählt wird. Beide Erzählsituationen können sich übereinanderschieben, wenn sich das Geschehen im Bewusstsein des Erzählers spiegelt.

Diese Perspektive wählt der Autor in dem einleitenden Rückblick. Hier erfahren wir von den Familienverhältnissen der Großmutter; der Autor gibt eine Beschreibung ihres Äußeren und erzählt von den vergangenen Jahrzehnten ihres Lebens aus der Sicht des allwissenden Erzählers. Mit der oben zitierten Textstelle ändert sich diese Erzählweise und er berichtet von nun an das ihm Zugetragene. Da sind zunächst die Briefe des Buchdruckers. Gerade diesem Sohn fällt es besonders schwer, die Veränderungen, die in seiner Mutter vorgegangen sind, vorurteilsfrei und sachlich zu berichten; er klagt immer wieder über seine zu kleine Wohnung – die Mutter wohnt allein in dem großen Haus – und verurteilt ihr verschwenderisches Verhalten besonders scharf. Dennoch erscheinen die Vorwürfe durch die indirekte Rede eigentümlich gebrochen; Konjunktive dienen als Mittel der Relativierung und Distanzierung. Selbst die Einleitungspartien der Rede nehmen den Berichten jede Sicherheit: „er deutete in einem Brief an“, „es hieß auch“, „antwortete er ziemlich kurz, sie besuche das Kino“. Mit Ausrufezeichen versehene Briefstellen sind Beispiele für die affektgeladene[1] Art seiner Übermittlung. Gegen Ende der Erzählung steigert sich das Gerüchthafte noch. Da wird zugeraunt: „Frau B. amüsiert sich ja jetzt, wie man hört“ oder es heißt: „wie allgemein behauptet wurde“. Die Glaubwürdigkeit dessen, was übermittelt wird, soll mehr und mehr in Frage gestellt werden.

Nach den Berichten des Buchdruckers greift der Erzähler mit Erklärungen ein: „Man muss verstehen, daß das nichts Gewöhnliches war“. Ihm erscheint die Empörung des Buchdruckers über den Kinobesuch der Mutter durchaus begreiflich, denn, so führt er aus, das Kino war in der damaligen Zeit ein Ort, wo eine alte Frau auffallen musste. Zudem passt das verschwenderische Verhalten der Mutter nicht zu dem Bild einer anspruchslosen Frau, das die Kinder sich jahrzehntelang von ihr gemacht hatten. Sie handelt jetzt gegen die Grundsätze ihrer Umwelt, in die sie sich früher selbstverständlich eingefügt hatte: „Und Geld hinauszuwerfen war nicht respektabel.“ Das gleiche Urteil wird wenige Zeilen später wieder aufgenommen: Sie hat den Kontakt zu allen Bekannten ihres früheren Lebens abgebrochen und besucht stattdessen den Flickschuster, bei dem „besonders nachmittags“, also zur regulären Arbeitszeit, „allerlei nicht besonders respektable Existenzen herumsaßen“.

1 *affektgeladen*: gefühlsgeladen

Einen anderen Aspekt gewährt der Erzähler in dem Bericht seines Vaters nach dem Besuch bei der Alten. Von ihm heißt es, dass er „eine gute Portion Humor besaß“ und ihr deshalb mit mehr Verständnis begegnen konnte. Auch er nimmt natürlich die Veränderung im Wesen seiner Mutter wahr, hält sie aber nicht für krankhafter Natur wie sein Bruder. Vielmehr wird dessen Verhalten selbst als hysterisch bezeichnet. Die Urteile des Buchdruckers werden vollends in Frage gestellt, ja sie fallen sogar auf ihn selbst zurück, wenn deren Einseitigkeit entlarvt wird; die Briefe „gaben sonst nichts mehr her“. Seine Unruhe, seine kleinliche Berichterstattung, mit der er am „Normalen“ festhält, kontrastieren eigenartig mit der Ruhe und Selbstverständlichkeit, mit der die Großmutter das „Ungewöhnliche“ verwirklicht. Sie „schien ganz ausgeglichener Stimmung zu sein“, als ihr Sohn sie auf einer Geschäftsreise besuchte. Das ist die einzige Stelle, die auf das Selbstverständnis der Frau schließen lässt. Ihm versucht der Sohn nahezukommen, wenn er sich ihr ungewohntes Verhalten zu erklären trachtet. „Aber sie schien mit ihrem Familienleben abgeschlossen zu haben.“ Das entspricht jener Reflexion am Ende des Textes, wo von den zwei Leben der Frau die Rede ist. Es wird die Frage aufgeworfen, wie weit ein Mensch sich aus den Bindungen und Vorurteilen seiner Umwelt zu befreien vermag und welche Widerstände sich ihm dabei in den Weg stellen.

Die Briefe des Buchdruckers dienen noch einmal als Quelle für weitere Berichte. Allerdings wird bald darauf verzichtet, weil sie kaum noch sachliche Auskünfte enthalten. Was dem Erzähler von seinem Vater vermittelt worden ist, erscheint als wesentlich sicherer. Die Form der indirekten Rede wird aufgegeben, und mit einem Wahrheitsanspruch beginnt der Erzähler diesen Teil des Berichtes: „In Wirklichkeit“. Es wird so erzählt, wie es wirklich war. Allerdings gibt es auch hier noch dunkle Stellen in dem sonst so deutlichen Bild der alten Frau. Auch der Erzähler kann nicht ganz aufklären, in welchem Verhältnis sie zu dem Flickschuster gestanden hat. So heißt es nur undeutlich: „Sie scheint es [das Geld] dem Flickschuster gegeben zu haben.“ Und später: Er „soll dort ein größeres Geschäft für Maßschuhe eröffnet haben“. Am Ende des Textes spüren wir noch einmal deutlich die Sympathien des Erzählers für die alte Frau; er bemerkt an ihr „viel Kleines, aber nichts Kleinliches“.

Auf diesen sprichwortartigen Ausspruch läuft die Beispielgeschichte zu wie auf die „Moral“. Knapp, formelhaft, die Verbteile aussparend, fast gleich Lautendes im Gegensatz zusammenzwingend, so nähert sich das Urteil sprachlich der Paradoxie[1]. Inhaltlich und sogar formal wird es durch die voraufgehende Beschreibung der Fotografie vorbereitet: „Man sieht ein winziges Gesichtchen mit vielen Falten und einen schmallippigen, aber breiten Mund.“ Ein größerer Beziehungsbogen lässt sich zum Beginn der Geschichte spannen. Dort wird ihre Gestalt in den sozialen Kontext einbezogen. „Sie war eine kleine magere Frau […] Mit recht kärglichen Mitteln hatte sie fünf Kinder großgezogen – von den sieben, die sie geboren hatte. Davon war sie mit den Jahren kleiner geworden.“

Wie die Meinungen über die Großmutter aufeinanderprallen, so kontrastieren im Leben der Frau die Welt des Häuslichen, der Familie mit dem Kreis um den

1 *Paradoxie*: Widersinnigkeit

Flickschuster, „der in der ganzen Welt herumgekommen war". Es ist die Rede von ihren Kindern, der Magd, später vom Beereneinkochen und der Einladung zum Sonntagnachmittagskaffee. In dieser kargen und in sich geschlossenen Welt müsste die alte Frau in den sechs Jahrzehnten ihres Lebens so heimisch geworden sein, dass sie sich in einem ihr fremden Lebensbereich gar nicht hätte zurechtfinden können. Plötzlich begegnen ihr ungewöhnliche Dinge aus einer anderen Welt. Es wird von Vergnügungen gesprochen, von Kino, Plakaten, „auf denen Morde und Tragödien der Leidenschaft angezeigt waren", von einem sozialdemokratischen „Flickschuster", vom Weintrinken und Kartenspiel und schließlich von der Bregg und dem Pferderennen. Alles, was vorher in verschiedenen Welten fest angesiedelt und voneinander getrennt war, vereinigt jetzt *ein* Leben. Was in früheren Jahren Geltung hatte, ist nun für die Greisin unbedeutend, während andere Dinge, die sie früher nicht beachtet hatte, für sie wichtig werden: „Großmutter, die zeit ihres Lebens für ein Dutzend Menschen gekocht und immer nur die Reste aufgegessen hatte, aß jetzt im Gasthof!" Diese Konfrontation zweier Lebensbereiche hat eine relativierende Wirkung.

Zusammen mit der Erzähltechnik, die als *polyperspektivisch*[1] bezeichnet wurde, und den genannten Querverbindungen im Text führt dieser Tatbestand zu der Einsicht, dass Brecht den Lebenslauf einer einzelnen Frau dadurch mit seiner Lehrabsicht verknüpft, dass er ihn auf das Reißbrett der dialektischen *Form* überträgt, deren Merkmale Pielow folgendermaßen skizziert: „Diese Form der Literatur kennt keine endgültigen Bilder. Sie negiert kanonisch[2] bestimmte und bestimmende Lebensformen; sie antwortet nicht, sie stellt Fragen und wirft Probleme auf; sie bevorzugt das Fragmentarische[3], das Paradoxe, das Ambivalente[4]" (Pielow). Wenn Meinungen und Ansichten über die Großmutter nicht übereinstimmen, wenn ein einheitliches Bild sich nicht herstellen lässt, dann liegt das ganz im Sinne des Autors. Auch im „Augsburger Kreidekreis" zeigt er, dass es keine „natürlichen", durch Geburt erworbenen Eigenschaften gibt. Mutter ist nicht jene, die das Kind geboren hat, sondern die Magd, weil sie die mütterlichen Pflichten wahrnimmt. Es gibt keine fixe Rollenzuweisung durch die Gesellschaft; die Rolle muss veränderbar bleiben.

„Natürliche" Eigenschaften der „unwürdigen Großmutter" weist deshalb auch ihr Verhalten in den letzten beiden Lebensjahren nicht auf; ihr Verhalten darf nicht als das einzig richtige und erstrebenswerte bewertet werden. Brecht ist für Propagandazwecke ein denkbar schlechter Gefährte, denn Propaganda will überreden; er möchte zur Kritik auffordern. Seine Texte verführen dazu, das zu übersehen. Da ist vom „neuen Leben" die Rede und auch der Schlusssatz hält dem Gesellschaftskritiker sein Vokabular entgegen: Jahre der Knechtschaft, Jahre der Freiheit. Er kennt es und freut sich ihm wieder zu begegnen. Schaute er genauer hin, so müsste er sich verärgert abwenden. Was steht wirklich da? „Das einzige, was auf ihr neues Leben hindeutete, war, daß sie nicht mit meinem Vater auf den

1 *polyperspektivisch*: mehrere Perspektiven enthaltend
2 *kanonisch*: dem Kanon (Maßstab, Richtschnur) entsprechend
3 *fragmentarisch*: bruchstückhaft
4 *ambivalent*: doppelwertig

Gottesacker gehen wollte, das Grab ihres Mannes zu besuchen." Noch unbefriedigender ist für den aufmerksamen Leser das Urteil, mit dem er entlassen wird: „Sie hatte die langen Jahre der Knechtschaft und die kurzen Jahre der Freiheit ausgekostet und das Brot des Lebens aufgezehrt bis auf den letzten Brosamen." Zwar steht das „Auskosten" neben der „Freiheit", aber es kann gar kein Zweifel darüber aufkommen, dass es sich syntaktisch[1] auch auf die „Knechtschaft" bezieht. Der Kontrast wird also nicht aufgehoben, das Problem nicht gelöst; alle Standpunkte bleiben erhalten und der Stachel zum Nachdenken hat an Schärfe nichts verloren. Er ist im Gegenteil durch die pointierte[2] Konfrontation des Unvereinbaren spitzer geworden. [...]

Arbeitsanregungen zu M 1 und M 2: Auszüge aus Interpretationen

- *Macht euch klar, wie Brinkmann die Figur der Großmutter beschreibt. Stellt eine Liste wichtiger Begriffe der Charakterisierung zusammen.*
- *Der Autor greift an einer Stelle zu einer verallgemeinernden Handlungsanweisung: „Man muss für sein Alter vorsorgen [...] Entfremdung zwischen ihnen und dem alten Menschen [...]". Diskutiert, ob man solche allgemeinen Lebenserfahrungen auf das gesamte Leben der „unwürdigen Greisin" anwenden kann.*
- *Versucht zu klären, was Brinkmann unter dem Begriff der „Einheit des Lebens" der Großmutter im letzten Abschnitt des Textauszugs meint. Lässt der Text Brechts eine Deutung unter dem Begriff „Einheit des Lebens" zu?*
- *Brinkmann hält den letzten Satz Brechts für eine Interpretation des Autors, die dem Leser eine eigenständige Deutung erspare. Beurteilt zusammenfassend, ob die Interpretation Brinkmanns den beiden zentralen Begriffen des abschließenden Satzes von Brecht „Knechtschaft" und „Freiheit" gerecht wird. Begründet!*
- *Indirekt fordert Brinkmann den Leser seiner Interpretation zu emotionaler Hinwendung (Großmutter) oder Ablehnung (Buchdrucker) auf. Erörtert, ob Brecht überhaupt Figuren seines Textes als Vorbilder bzw. als negative Beispiele erscheinen lassen will.*
- *Der Begriff der „polyperspektivischen Erzähltechnik" ist in Kliewers Text wichtig. Was versteht Kliewer darunter? Welche Absicht Brechts sieht er hinter dieser Erzähltechnik?*
- *Zeigt, mit welchen Belegen aus dem Text Kliewer seine Behauptung einer „polyperspektivischen" Erzählweise erläutert.*
- *Im letzten Teil seiner Interpretation spricht Kliewer von der „dialektischen Form" als einem Merkmal der Kurzgeschichte Brechts. Was wird darunter verstanden und welche Folgerungen für die Deutung der Kurzgeschichte zieht Kliewer daraus?*
- *Wie interpretiert Kliewer den Schlusssatz?*
- *Ihr habt in diesem Kapitel erfahren, dass selbst Literaturwissenschaftler Texte unterschiedlich deuten. Dies könnte zu dem Missverständnis führen, Interpretationen seien letztlich beliebig. Nehmt Stellung, welche der beiden Interpretationen dem Text besser gerecht wird und warum.*

1 *syntaktisch*: dem Satzbau entsprechend
2 *pointiert*: betont

VI GESTALTUNGSELEMENTE DER KURZGESCHICHTE

Ihr habt bei der Analyse der hier abgedruckten Kurzgeschichten und bei euren eigenen Versuchen mit der Textsorte sicher festgestellt, dass sich die einzelnen Kurzgeschichten beispielsweise im Aufbau, in der Erzählperspektive und Sprache und in Bezug auf die Personengestaltung sehr unterscheiden. Das hat es den Literaturwissenschaftlern sehr schwer gemacht, allgemein gültige charakteristische Merkmale für diese Textsorte zu finden. Deshalb haben sie das Schillernde, Chamäleonartige der Kurzgeschichten betont. Schließlich wurde sogar der Satz geprägt, es gebe nicht *die* Kurzgeschichte, sondern nur Kurzgeschichten.

Dennoch soll mit zwei Lexikonartikeln (M 1, M 2) von Baurmann und Eisenbeiß der Versuch vorgestellt werden, die Kurzgeschichte als Textsorte mit einer gewissen allgemeinen Gültigkeit zu beschreiben. Dieser Einstieg fordert nämlich zum Vergleich heraus, ohne die Besonderheiten einzelner Kurzgeschichten überspielen zu wollen. Wir vertrauen darauf, dass eigene Gestaltungsversuche und die gesamten Textauszüge in diesem Kapitel euch hinreichend verdeutlichen, wie individuell jede einzelne Kurzgeschichte gestaltet ist und dass sie gerade deswegen der Kreativität des einzelnen Autors sehr viel Spielraum lässt.

An die Lexikonartikel schließen sich kürzere Textauszüge zu einzelnen Strukturelementen der Kurzgeschichte an, nämlich zu deren Aufbau, Personengefüge (Helden) sowie zur Erzählperspektive und Sprache.

Lexikonartikel

M 1 Jürgen Baurmann: Kurzgeschichte

Manche behaupten, es gebe die Kurzgeschichte als eine Erzählgattung gar nicht, es gebe nur viele verschiedene Kurzgeschichten. Wenn man sich aber auf die deutsche Kurzgeschichte zwischen 1945 und 1955 etwa beschränkt, kann man immer wiederkehrende Merkmale finden.

Im Mittelpunkt stehen meistens ein oder zwei Hauptfiguren, die in eine konfliktreiche Situation gestellt sind, auf die sie reagieren müssen. Anders als bei der Anekdote ist diese Situation zwar eine besondere, aber aus dem Alltag einer alltäglichen Person; und auch die Sprache ist die des Alltags. Diese Person erlebt etwas, was für ihr Leben entscheidend ist: einen Schrecken, einen tief greifenden Zweifel, einen lebensverändernden Eingriff oder gar einen Schock, aus dem sie zumeist ratlos hervorgeht. Und der Kurzgeschichtenerzähler berichtet dies alles ohne große Anteilnahme, neutral. Niemals mischt er sich (wie der Kalendermann) in das Geschehen ein; er hält deutlichen Abstand.

Auf diese Weise bleibt an der Kurzgeschichte immer etwas „offen". Es muss nicht der so genannte „offene Schluss" sein, der eine Kurzgeschichte ausmacht, es ist viel häufiger die Tatsache, dass die Kurzgeschichte keine Lösung anbietet, keine Deutung, keine Erklärung. Daher lässt sie den Leser auch meistens ratlos und fordert ihn heraus über die Geschichte hinauszudenken – über sich selbst und seinen eigenen Alltag nachzudenken.

Ob die Kurzgeschichte Vorgänger hat, darüber streiten sich die Literaturwissenschaftler. Die einen leiten sie aus den kurzen Geschichten des 19. und frühen 20. Jahrhunderts ab (E.T.A. Hoffmann, Hebbel, Musil, Kafka), die anderen aus der amerikanischen Shortstory (Poe, O'Henry, Hemingway). Natürlich hat es kurze Geschichten und Erzählungen seit je gegeben; die genannten Merkmale der Kurzgeschichte treffen aber wohl vor allem auf Texte von Borchert, Böll, Langgässer, Rinser, Kaschnitz und anderen Autoren der Nachkriegszeit zu. Und was heute an kurzen Geschichten geschrieben wird, geht zum Teil schon wieder weit über die Merkmalsbeschreibungen der Kurzgeschichte hinaus.

M 2 Ulrich Eisenbeiß: Kurzgeschichte

Das Wort „Kurzgeschichte" ist durch Übersetzung aus dem amerikanischen Begriff „short story"[1] (Sammelbegriff für epische[2] Kleinformen überhaupt) entstanden. In Deutschland bezeichnen wir mit der Gattungskategorie[3] Kurzgeschichte die komprimierte[4], offene Gestaltung eines „Schicksalsbruchs" (*Doderer 1977*), abzugrenzen vom vielschichtigen, weit ausgreifenden Roman, von der geschlossenen, um eine „unerhörte Begebenheit" zentrierenden Novelle[5] und der pointierten, zum Historischen tendierenden Anekdote[6]. [...]

Nach 1945 erlebte die Kurzgeschichte ihren Höhepunkt in einer Schriftstellergeneration, die gegenüber Großformen und gegenüber jeglichem Pathos[7] skeptisch[8] war und ihre Kriegs- und Nachkriegserfahrungen bewältigen und nüchtern und knapp mitteilen wollte (Böll, Borchert, Eich, Hartlaub, Kreuder, Langgässer, Rinser, Schnabel, Weisenborn). Dieser Autorenkreis vergrößert sich in der Folgezeit beträchtlich (Schnurre, Aichinger, Kaschnitz, Bender, Lenz, Andersch; später: Wohmann, Federspiel, Nonnenmann, Bichsel, Kunert, Handke). Die

1 *Shortstory*: vgl. Arbeitsbegriffe in Kapitel VII (S. 122)
2 *episch*: erzählend
3 *Gattungskategorie*: Einteilungsprinzip für verschiedene literarische Gattungen
4 *komprimiert*: gedrängt, verdichtet
5 *Novelle*: Erzählung mittlerer Länge, der eine „unerhörte Begebenheit" zugrunde liegt, die sich in der Regel einsträngig auf einen einzigen Konflikt hin entwickelt und nach dem Höhepunkt der Spannung (Wendepunkt/Falke) meistens geschlossen endet
6 *Anekdote*: kurze, in der Regel auf eine tatsächliche Begebenheit sich beziehende humorvolle Erzählung, die mit einem zugespitzten, überraschenden (pointierten) Schluss endet
7 *Pathos*: Leidenschaft, Gefühl
8 *skeptisch*: misstrauisch, zurückhaltend

Thematik erweitert sich (Wirtschaftswunderthematik, Gesellschaftskritik, Antibürgerlichkeit). Nach Stil und Gehalt lassen sich realistischere (allerdings mit dem Ziel der Wirklichkeitsenthüllung: Bender, Bichsel, Böll, Borchert, Lenz, Schnurre, Wohmann) und zum Surrealen[1] tendierende Kurzgeschichten (Biermann, Hildesheimer, Kreuder, Kunert) unterscheiden *(Doderer 1977)*, nach Komposition und Erzählweise Augenblickskurzgeschichte, Arabeskenkurzgeschichte[2] und Überdrehungs- und Überblendungskurzgeschichte *(Höllerer)*. Seit dem Ende der sechziger Jahre ist das Schicksal der Gattung ungewiss. Ihr Hauptcharakteristikum ist die „weit getriebene Reduktion"[3] *(Rohner)*, die mit der Veröffentlichung in Zeitschriften und Zeitungen zusammenhängt. Die Kurzgeschichte ist zentripetal, d. h. sie springt meist ohne irgendeine Exposition[4] mitten ins Geschehen hinein, konzentriert sich auf wenige wichtige Augenblicke – häufig nur einen – und arbeitet mit einem begrenzten Personal (oft drei Personen). Die gesellschaftlichen Hintergründe bleiben weitgehend ausgespart, der Raum wird nur knapp skizziert. Die Kurzgeschichte bevorzugt Alltagssituationen und unidealisierte Alltagsmenschen (keine „Helden" im traditionellen Sinn), die allerdings unversehens in Grenzsituationen geraten (Doppelbödigkeit) bzw. vor Entscheidungen gestellt werden, deren Folgen der Erzähler meist verschweigt. Die Autoren haben überhaupt eine Abneigung gegen perfekte Lösungen (offener Schluss).

In der Regel spielt die Kurzgeschichte in der Gegenwart bzw. in der unmittelbaren Vorgegenwart. Sie ist also – im Gegensatz zur Anekdote und Novelle – geschichtsfremd und gegenwartsbezogen, mitunter auch gesellschaftskritisch, indem sie in einer provozierenden oder aggressiven Weise Missstände anprangert *(Doderer, Schnurre)*. Der Erzähler tritt allerdings nicht durch Kommentare hervor; die Intention[5] der Autoren bleibt verdeckt, ist nur indirekt erschließbar („Objektivität" des Erzählens).

Die gattungstypische Kürze prägt sich auch in Syntax[6] und Sprache aus. Die Kurzgeschichte bevorzugt kurze, aneinandergereihte Hauptsätze (Parataxe) und asyndetische[7] Fügungen. In den knappen, zur Alltagssprache tendierenden Dialogen finden wir häufig Ellipsen[8]. Die Wortkargheit zeigt sich ebenfalls im Mangel an Adjektiven und Adverbien. In einem solchen Kontext[9] wirkt das Stilmittel der Wiederholung in einem besonderen Maße akzentuierend, einhämmernd. Insgesamt ist die Kurzgeschichte keine „einfache Form" *(Jolles)*; vielmehr sind ihre Kürze und Schlichtheit das Produkt höchster, stilisierender Kunstfertigkeit.

1 *surreal*: Darstellung, die sich über die Wirklichkeit erhebt und diese dadurch in Frage stellt
2 *Arabeskenkurzgeschichte*: Kurzgeschichte mit Wiederholungen, Verschlingungen, Überschneidungen, oft märchenhaft phantastisch
3 *Reduktion*: Verknappung
4 *Exposition*: Einleitung
5 *Intention*: Absicht
6 *Syntax*: Satzbau
7 *asyndetisch*: unverbunden, ohne Konjunktionen
8 *Ellipse*: gezielte Weglassung von Wörtern im Satz, die leicht aus dem Zusammenhang ergänzt werden können, aus stilistischen Gründen
9 *Kontext*: formaler und inhaltlicher Zusammenhang

Arbeitsanregungen zu M 1 und M 2: Baurmann und Eisenbeiß

- *Welche Aufgaben sollen Lexikonartikel im Allgemeinen erfüllen?*
- *Fertigt eine Tabelle mit vertikalen Spalten an. Übernehmt als Überschriften der einzelnen Spalten die Gesichtspunkte, zu denen sich die Lexikonartikel zusammenfassend äußern, z. B. Hauptfiguren, Erzähler etc. Tragt dann die Zusammenfassungen beider Artikel in die Spalten ein.*
- *Vergleicht in einem ersten Schritt die Aussagen beider Artikel auf Übereinstimmungen und Unterschiede. Vergleicht sie dann mit den Befunden, die ihr selbst bei der Interpretation von Kurzgeschichten und bei Gestaltungsversuchen gemacht habt. Welche Zusammenfassungen der Lexikonartikel fordern euren Widerspruch heraus und verlangen deshalb eine gründlichere Untersuchung?*
- *Erörtert, welchen Nutzwert derartige Lexikonartikel für euch als Schüler haben können.*

Aufbau

M 3 Kaspar H. Spinner: [Anfang und Schluss von Kurzgeschichten]

Kennzeichnend ist das *unvermittelte Einsetzen* der Geschichten. So beginnt Hans Benders Kurzgeschichte *Die Schlucht* mit den Sätzen:

> Sonderbar, sie schreien wieder Hurra! Sie sind jenseits der Höhe. Der Widerstand ist gebrochen. Ich höre es aus ihren Stimmen.

Der Leser wird unmittelbar in eine Situation und in ein laufendes Geschehen hineinversetzt; es wird ihm nicht erklärt, wer mit „sie" gemeint ist. Immer wieder finden wir im ersten Satz von Kurzgeschichten Personalpronomina oder bestimmte Artikel, also Wörter, die eigentlich auf schon Bekanntes oder Genanntes verweisen. Man vergleiche als Gegensatz dazu Märchenanfänge wie „Es war einmal eine kleine süße Dirn, die hatte jedermann lieb", „Es war einmal ein Schuster, der hatte drei Söhne" usw. Man hat das unvermittelte Einsetzen der Kurzgeschichten immer wieder mit der Kahlschlagsituation, die keine Orientierung mehr erlaube, in Verbindung gebracht; was erzählt wird, sind Ausschnitte aus der Wirklichkeit, hingestellt ohne Einordnung in einen übergreifenden Zusammenhang. Es ist, als wenn im allgemeinen Dunkel ein Scheinwerfer plötzlich eine Situation beleuchte, die nun, scheinbar zufällig herausgegriffen, dem Betrachter als alleiniger Anhaltspunkt dient.

Dem unvermittelten Einsetzen entspricht der *abrupte*[1] *Schluss* der Kurzgeschichte. So endet Schnurres *Auf der Flucht* mit dem Abschnitt:

1 *abrupt*: plötzlich, abgebrochen

Als er aufwachte, hatte die Frau sich auch hingelegt; sie sah in den Himmel.
Das Kind lag neben ihr, sie hatte es in ihre Bluse gewickelt.
„Was ist", fragte der Mann.
Die Frau rührte sich nicht. „Es ist tot", sagte sie.
Der Mann fuhr auf. „Tot?", sagte er; „tot –?!"
„Es ist gestorben, während du schliefst", sagte die Frau.
„Warum hast du mich nicht geweckt?"
„Warum sollte ich dich wecken?", fragte die Frau.

Der Text bricht sozusagen mitten in einem Gespräch ab, allerdings an einem bedeutsamen Punkt: Der Tod des Kindes ist Höhepunkt der Geschichte, die Äußerung der Frau „Warum sollte ich dich wecken?" zeigt die Ohnmacht der Menschen gegenüber diesem Schicksal. Es gibt hier kein kathartisches[1] Aufschreien und Klagen, keinen lösenden Ausbruch der Gefühle, kein Ausklingen der Geschichte. Der Schrecken stellt sich in größter Nüchternheit dar – dem Leser bleibt die Beklemmung, das Aufgestörtsein. Die Erlebniskurve kommt im lesenden Mitvollzug nicht zu einem Ende; man nennt den Schluss der Kurzgeschichten deshalb auch offen: Der Leser wird über das Ende hinaus zum Nachdenken gezwungen. Die Frage, die die Frau am Ende der zitierten Kurzgeschichte stellt, wird vom Autor sozusagen an den Leser weitergegeben. Ähnlich verfährt Borchert, wenn er z. B. seine Kurzgeschichte *Die Küchenuhr* mit dem Satz „Er dachte immerzu an das Wort Paradies" oder die Kurzgeschichte *Unser kleiner Mozart* mit dem Satz „Das konnte er nicht begreifen" enden lässt und damit das Denken und Begreifen dem Leser überantwortet. „Wir sind eine Generation ohne Abschied", hat Borchert geschrieben – auch die Kurzgeschichte der Nachkriegszeit ist ein Text, der gleichsam weggeht, ohne sich verabschiedet zu haben.

Arbeitsanregungen zu M 3: Spinner

- *Macht euch zunächst klar, was über Einleitung, Verlauf einer Kurzgeschichte und ihren Schluss ausgeführt wird. Legt eine Tabelle an, in die ihr eure Erkenntnisse aus M 3 eintragt.*
- *Überprüft die Aussagen des Textauszuges an einer Kurzgeschichte, die euch besonders interessiert hat. Ihr könnt dabei ausführlicher eingehen auf*
  - *die Bedeutung und die Wirkung des ersten Satzes;*
  - *einen Vergleich des ersten Satzes/der ersten Sätze der von euch gewählten Kurzgeschichte mit dem Anfang anderer Textsorten, die ihr kennt, z. B. von Märchen, Romanen, Novellen, Anekdoten;*
  - *den Verlauf der Handlung, den ihr durch eine Skizze darstellt; dabei solltet ihr über den Begriff „Handlung" in der euch vorliegenden Kurzgeschichte und in anderen Kurzgeschichten diskutieren. Fasst das Ergebnis eurer Überlegungen in einem Aufsatz „Die Handlung in Kurzgeschichten" zusammen.*
  - *die Frage, ob und inwieweit der Begriff des Höhepunktes bei der Beschreibung des Aufbaus einer Kurzgeschichte eine Rolle spielt;*

1 *kathartisch*: hier: die Spannung lösend

- *die Wirkung des Schlusses auf den Leser: Versucht, so genau wie möglich zu sagen, welche Wirkung von dem Schluss der von euch gewählten Kurzgeschichte ausgeht und wodurch diese zustande kommt. Ihr könnt wie in einer vorangegangenen Aufgabe den Schluss eines Romans oder einer Novelle zum Vergleich heranziehen.*

Arbeitsanregungen zu M 4–M 6: Doderer, Kusenberg, Thiemermann
Nehmt euch noch einmal – evtl. in Gruppenarbeit – einige der vorher besprochenen Kurzgeschichten vor und untersucht die Figur des Helden in den Texten:

In welcher Umgebung, in welcher Situation agiert der Held? Mit welchen Problemen, Konflikten, Schwierigkeiten muss der Held fertig werden? Wie versucht er es? Wer ist für das Entstehen dieser Probleme und Konflikte verantwortlich? Wo wird eine Lösung der Probleme durch den Helden angedeutet und wie sieht diese aus?

Fasst eure Überlegungen zur Rolle des Helden in den von euch gewählten Kurzgeschichten schriftlich zusammen und lest anschließend die Texte M 4–M 6 durch.

Personengestaltung

M 4 Klaus Doderer: Die Typen der Kurzgeschichte

Wenn wir im Folgenden zwei Typen der Kurzgeschichte unterscheiden wollen, dann bedeutet dies nicht, dass sich die Formgattung noch weiter gliedern lasse. Diese scheint uns in ihrer Einfachheit nicht weiter aufteilbar. Es bedeutet vielmehr, dass der Stoff der von uns herangezogenen Werke sich geradezu zu einer Scheidung in zwei Gruppen anbietet. […]

Die seitherigen Versuche, mehrere Gruppen von Kurzgeschichten zu unterscheiden, mussten allein deshalb scheitern bzw. in den Anfängen stecken bleiben, weil die Voraussetzung zu einer Aufteilung, nämlich eine exakte Definition und Abgrenzung der Kurzgeschichte als literarischer Formgattung, nicht vollzogen war.

Es gibt wohl keine literarische Gattung, in der ein Schicksalsschlag und dessen Reaktion bei dem Betroffenen so rein zum alleinigen Motiv[1] gewählt ist wie bei der Kurzgeschichte. Die Verhaltensweise des Menschen in der erzählten Situation oder das nüchtern abrollende Ereignis selbst, der Mensch als handelndes oder der Mensch als ausgeliefertes Wesen kann Gegenstand einer Kurzgeschichte sein. Es gibt also zwei Möglichkeiten der Reaktion des Helden auf die Situation, in die er gestellt wird: Entweder er rafft sich auf und versucht, gegen das Schicksal anzu-

1 *Motiv*: Beweggrund, Leitgedanke (vgl. Arbeitsbegriffe in Kapitel VII, S. 121)

rennen (aktives Verhalten), oder er unterwirft sich dem Geschehen (passives Verhalten). Wir unterscheiden nach diesen Gesichtspunkten zwischen dem Handlungs-Typ und dem Haltungs-Typ.

M 5 Kurt Kusenberg: Über die Kurzgeschichte

Im allerglücklichsten Fall enthält eine Kurzgeschichte das, was ich eine „Grundfigur" nennen möchte. Mit dieser „Grundfigur" meine ich einen Aufbau, der so zwingend und bildhaft ist, dass man ihn geometrisch darstellen könnte; der so exemplarisch[1] ist, dass er immer wieder aufs Neue erfunden wird, weil die durchaus nicht unbegrenzten Möglichkeiten des Erzählens auf ihn hinführen. Um zu verdeutlichen, wovon die Rede ist, gebe ich einige Beispiele.

1. Jemand schätzt seine Position falsch ein. Er hält sich für unangreifbar, ist aber, im Gegenteil, sehr verwundbar oder gar aufs Äußerste gefährdet.
2. Einer, der seinem Schicksal entgehen will, läuft diesem durch seine Flucht geradenwegs in die Arme.
3. Jemand plant etwas Böses und bewirkt gegen seinen Willen etwas Gutes – oder umgekehrt. Nicht seine Rechnung geht auf, sondern eine andere Rechnung.
4. Eine sorgsam vorbereitete Unternehmung läuft misslich ab und scheint endgültig zu scheitern. Unerwartet gelingt sie im letzten Augenblick – vielleicht durch ein Versehen.
5. Eine Folge von Missverständnissen oder Missdeutungen ergibt ein falsches Bild, das trotzdem etwas Richtiges enthält. Der Missdeutende erkennt seine Irrtümer nicht, er bleibt gleichsam im Stadium der Unschuld.
6. Jemand bringt ein Opfer, ohne im Geringsten daran zu denken, dass er dadurch sein Schicksal wenden könnte. Gerade das aber geschieht.
7. Jemand schließt sich aus Angst oder Schutzbedürfnis einem Unbekannten an, und eben dieser bringt ihn um. [...]
8. Jemand ist scheinbar untröstlich über einen schweren Verlust. Es zeigt sich jedoch, dass er sehr schnell und sehr leicht zu trösten ist.

Es fällt auf, dass fast all diese Grundformen eine paradoxe[2] Wendung enthalten: einen Umschlag ins Gegenteil dessen, was für sicher gehalten, was erstrebt, was gefürchtet wird. Das aber liegt in der Natur der Sache, denn der Erzähler berichtet ja nicht über einen Tag, der abläuft wie jeder andere, sondern über einen, der etwas Unerwartetes und Besonderes bringt. Er berichtet, wie jeder ernsthafte Autor, von der Ohnmacht des Menschen und der Macht des Schicksals. [...]

1 *exemplarisch*: beispielhaft, charakteristisch
2 *paradox*: scheinbar widersinnig, sonderbar

M 6 Franz-Josef Thiemermann: [Der Held in der Kurzgeschichte]

In der Kurzgeschichte dagegen sieht sich der Held in der Regel in eine Situation gestellt, der seine physischen[1] oder geistigen Kräfte nicht gewachsen sind, die ihn übermächtigt und aus der er in irgendeiner Weise als Besiegter hervorgeht. Unvermittelt und unvorhergesehen überfällt den Menschen ein Geschehen, dem er sich stellen, auf das er reagieren muss und das ihn, indem es über ihn hinweggeht, in seinem Wesen verwandelt. [...]

Der Mensch stößt in der Kurzgeschichte nicht so sehr mit einem anderen Menschen, mit gegnerischen Gruppen oder Kräften zusammen als vielmehr mit einer schicksalhaften Begebenheit, die sein Leben verwandelt. Dieser Augenblick des Zusammenstoßes erscheint als Höhepunkt und Wendepunkt der Kurzgeschichte und – wenn die Erzählung auf eine Schlussbrechung hin angelegt ist – auch als Schlusspointe[2].

Weitere Arbeitsanregungen zu M 4–M 6: Doderer, Kusenberg, Thiemermann

Macht euch klar, ob und inwieweit eure Ergebnisse mit denen der Texte übereinstimmen bzw. von diesen abweichen. Diskutiert vor allem die Abweichungen und korrigiert und ergänzt eure Zusammenfassungen oder die Materialien dort, wo es euch wichtig und notwendig erscheint.

- *In welcher Bedeutung wird das Wort „Held“ im normalen Sprachgebrauch benutzt? Ist der Ausdruck „Held“ für die Hauptfigur in einer Kurzgeschichte angemessen? Wie erklärt ihr euch, dass bei der Interpretation von Literatur auch Menschen als Helden bezeichnet werden, die mit Schwächen behaftet sind und Niederlagen erleiden?*

1 *physisch*: körperlich
2 *Schlusspointe*: überraschender Schluss

Erzählperspektive und Sprache

M 7 Kaspar H. Spinner: [Erzählperspektive]

Im Bereich der Erzählperspektive haben Kürze, Verknappung, unvermitteltes Einsetzen, abrupter[1] Schluss und auch die Dingsymbole[2] ihre Entsprechung im *Fehlen erkennbarer Erzählerkommentare.*

Das erzählte Geschehen spricht für sich selbst, kein Erzähler leitet ein, erläutert und zieht Folgerungen. Man vergleiche mit typischen Anfängen von Kalendergeschichten, um sich zu verdeutlichen, wie ein Erzähler sich kundgeben kann; Johann Peter Hebel z.B. beginnt sein *Wohl bezahltes Gespenst* mit den Worten: „In einem gewissen Dorfe, das ich wohl nennen könnte“ oder Berthold Auerbach sein *Polizei Hilf!* mit den Sätzen: „Schon wieder ein Polizeistücklein? Der Gevattersmann kann nichts dafür, es gibt eben viele.“ Hier äußert sich ein Erzähler – bei Auerbach nennt er sich „Gevattersmann“ – zu seinem Publikum, als hielte er Zwiesprache. Ganz anders setzt dagegen Schnurres schon erwähnte Kurzgeschichte *Auf der Flucht* ein:

> Der Mann hatte einen Bart und war schon etwas älter; zu alt fast für die Frau. Und dann war auch noch das Kind da, ein ganz kleines. Das schrie dauernd, [...]

Der Leser wird hier direkt mit der Situation konfrontiert. Gefördert wird dieser Eindruck durch den häufigen Gebrauch der direkten Rede; der Leser kann sozusagen selbst den Figuren zuhören, ist Zeuge ihrer Gespräche. Selbst wenn Kurzgeschichten in der Ichform geschrieben sind und das erzählende Ich das erzählte Geschehen kommentiert, fühlt sich der Leser kaum je als angesprochener Adressat, sondern vielmehr als Zeuge eines inneren Monologs[3]. Der Unterschied sei wieder an zwei gegensätzlichen Beispielen veranschaulicht. Thomas Manns *Eisenbahnunglück* (1908 entstanden) entspricht von der Länge her gesehen der Nachkriegskurzgeschichte, unterscheidet sich von dieser aber durch seine Publikumsorientierung:

> Etwas erzählen? Aber ich weiß nichts. Gut, also ich werde etwas erzählen.
> Einmal, es ist schon zwei Jahre her, habe ich ein Eisenbahnunglück mitgemacht, [...]

Im Vergleich dazu zeigt Luise Rinsers *Rote Katze* den monologischen[4] Charakter der modernen Kurzgeschichte; der Text beginnt:

1 *abrupt*: unvermittelt
2 *Dingsymbol*: Symbol; vgl. Arbeitsbegriffe in Kapitel VII (S. 122)
3 *innerer Monolog*: vgl. Arbeitsbegriffe in Kapitel VII (S. 121)
4 *monologisch*: nach Art eines Selbstgesprächs

Ich muss immer an diesen roten Teufel von einer Katze denken und ich weiß nicht, ob das richtig war, was ich getan hab.

Selbst bei diesen Texten in Ichform ist also ein Unterschied zwischen der souveränen Distanz[1] zum Geschehen beim älteren Erzählmodell und der unmittelbaren Verstricktheit und Nähe bei der Nachkriegskurzgeschichte spürbar. Das Fehlen eines distanzierten, erläuternden Erzählers wirkt sich im Übrigen auch auf die Zeitstruktur aus. Vor- und zurückweisende Erklärungen fehlen, der Leser sieht sich nur mit einer unmittelbaren Gegenwart konfrontiert. Man vergleiche als Gegenbeispiel die folgenden zwei Stellen, wiederum aus Thomas Manns *Eisenbahnunglück*:

Das sei eine Entgleisung, erklärte der Mann, wir seien entgleist. Was nicht zutraf, wie sich später erwies. [...]
Ich hatte einen Fahrschein erster Klasse (weil man mir die Reise bezahlte) [...]

Hier werden für den Leser Hinweise gegeben auf das, was sich später herausstellte oder was zur erzählten Situation geführt hatte. In der Kurzgeschichte der Nachkriegszeit bleibt die Deutung dagegen sehr viel mehr dem Leser überlassen. Wie trotz der Beschränkung auf erzählte Gegenwart Späteres und Früheres hineingenommen werden können, zeigt der folgende Ausschnitt aus Herbert Malechas *Probe*:

Langsam ließ das Klopfen im Halse nach. Seit drei Monaten war er zum ersten Mal wieder in der Stadt, zum ersten Mal wieder unter so viel Menschen. Ewig konnte er in dem Loch sich ja nicht verkriechen, er musste einmal wieder raus, wieder Kontakt aufnehmen mit dem Leben, überhaupt raus aus allem. Ein Schiff musste sich finden lassen, möglichst noch, bevor es Winter wurde.

Früheres und Kommendes sind hier als Bewusstseinsinhalte der Hauptfigur wiedergegeben (erzähltechnisch gesehen handelt es sich um erlebte Rede). So entsteht nicht der Eindruck, dass ein Erzähler mit größerem Wissen den Leser aufklärt, vielmehr wird diesem die subjektive Erlebnisperspektive einer betroffenen Figur nahegebracht.

Für die perspektivische Gestaltung[2] der Nachkriegskurzgeschichte ist ferner wichtig, dass die Hauptfigur kaum je ein herausragender Held oder eine sonst bedeutende Persönlichkeit ist. Vielmehr wird die *Perspektive des kleinen Mannes* vermittelt: Einfache Soldaten, kleine Angestellte, Mütter, Kinder stehen im Vordergrund.

1 *souveräne Distanz*: Abstand aus Überlegenheit
2 *perspektivische Gestaltung*: Gestaltung aus einer bestimmten Sichtweise

M 8 Wolfdietrich Schnurre: [Erzählperspektive und Sprache]

Welcher literarischen Mittel bedient sich ein Shortstory[1]-Schreiber nun? Zunächst mal einer absolut unprätentiösen[2], hart dem Alltag angenäherten Sprache. Es wird kühl, mit betonter Objektivität geschildert; die in Deutschland so beliebte „dichterische Aussage" ist verpönt. Das ganze Augenmerk ist auf den präzisen, spannungsreichen Handlungsablauf gerichtet. Der Autor bleibt an der Oberfläche seiner Geschichte; nicht, was sein Held denkt, was er *tut*, ist ihm wichtig. Doch es gibt Tiefen genug, sie klaffen zwischen den Zeilen. Wie überhaupt eine gute Kurzgeschichte, bei aller scheinbar realistischen Schreibweise, unterkellert ist von einem wahren Fallgrubensystem, aus dem sich der arglose Leser nur mit großer Anstrengung wieder befreit. Auch der Dialog untertreibt; er ist von einer an Raffinesse grenzenden Monotonie[3], doch hört man genau hin, nimmt man einen ungemein sensiblen[4] Resonanzboden[5] wahr, dessen Schwingungen auch dem scheinbar banalsten[6] Wort noch ein eigenes Timbre[7] verleihen. Andeuten gilt dem Shortstory-Autor für wichtiger als erklären, Auslassen für vielsagender als betonen. Andererseits liebt er die exakte Schilderung scheinbar alltäglicher Vorgänge; er verwendet sie kontrapunktisch[8] zum Handlungsablauf, aber auch als Maske, um hinter ihr die Sympathie für seinen Helden zu verbergen. Diesem bleibt er die ganze Shortstory lang auf den Fersen; Parallelhandlungen werden verschmäht, Nebenpersonen nie selbstständig eingeführt, immer von der Hauptperson her gesehen.

Arbeitsanregungen zu M 7 und M 8: Spinner, Schnurre

Im Umgang mit dem Begriff „Erzählperspektive" ist es schwierig, die Erzählperspektive als solche und ihre Wirkung auseinanderzuhalten. Wir verstehen unter Erzählperspektive das erzähltechnische Mittel, z. B. innerer Monolog, unter Begriffen wie „Kürze, Verknappung, Abschweifung" etc. Wirkungen einer Erzählperspektive.

- *Welche Erzählperspektiven werden in M 7 erwähnt und welche sind nach diesem Text für Kurzgeschichten typisch? Ermittelt Erzählperspektiven der in diesem Band abgedruckten Kurzgeschichten. Treffen auch die Beobachtungen von M 7 hinsichtlich der Wirkung auf sie zu?*
- *Auf welches erzählerische Mittel verzichten die Autoren von Kurzgeschichten nach M 7 und M 8 und wie wird dieser Verzicht begründet?*
- *Was sagt der Text M 7 über die Handlungsführung und über den Umgang mit der erzählten Zeit aus?*
- *Welche Beobachtungen der Texte M 7 und M 8 gelten der Sprache in engerem Sinne, also einzelnen Worten, Wortverbindungen und Sätzen, z. B. „hart dem Alltag angenäherte Sprache". Notiert auch diese Beobachtungen Punkt für Punkt und vergleicht sie mit Befunden zu den von euch interpretierten Kurzgeschichten.*

1 *Shortstory*: vgl. Arbeitsbegriffe, S. 122
2 *unprätentiös*: nicht anspruchsvoll
3 *Monotonie*: Eintönigkeit
4 *sensibel*: empfindsam
5 *Resonanzboden*: Resonanz: Widerhall
6 *banal*: nichts sagend
7 *Timbre*: Färbung
8 *kontrapunktisch*: gegenläufig

VII ARBEITSBEGRIFFE ZUR INTERPRETATION VON KURZGESCHICHTEN

auktoriale Erzählhaltung: Der Begriff ist von lat. auctor = Urheber, Verfasser abgeleitet. Hier bringt sich der Verfasser *als Erzähler* selbst ins Spiel, indem er sich kommentierend, reflektierend und beurteilend in das Geschehen einmischt. Er tut dies aus einer allwissenden Position, er überblickt den Handlungsablauf und kann Gedanken und Gefühle der handelnden Personen wiedergeben. Die auktoriale Erzählhaltung wird oft so missverstanden, dass der Autor und der Erzähler gleichgesetzt werden. Richtig ist, dass der Erzähler ein Mittelsmann zwischen der dichterisch dargestellten Welt und der Wirklichkeit des Autors ist. Im souveränen Umgang mit der Zeit kann er Vorausdeutungen, Rückblenden und Überblendungen verwenden. Eine Sonderform der auktorialen Erzählhaltung ist die → *erlebte Rede.*

Außensicht: Der Erzähler gibt nur Beobachtungen wieder, die er als Außenstehender macht. Er kann sich also über die Gedanken und Gefühle der handelnden Figuren täuschen. Die Außensicht findet sich häufig bei → *neutraler Erzählhaltung*; teilweise begegnet sie auch in der → *Icherzählung*, da der Icherzähler innere Vorgänge bei anderen Personen nur wahrnehmen kann, insoweit diese äußerlich sichtbar werden.

Chiffre: Zunächst dienen Chiffren als Geheimzeichen dazu, Erkenntnisse zu verschlüsseln, nicht offenzulegen. Insbesondere moderne Kurzgeschichten bedienen sich der Verrätselung durch Chiffren. Befördert wurde diese Entwicklung durch die kurzen Geschichten Kafkas, die auch als Parabeln bezeichnet werden. Die gesamte gleichnishafte Geschichte (Parabel) wird zur Chiffre, so z. B. die Parabel „Auf der Galerie“ zur Chiffre für das menschliche Leben.
Die Entschlüsselung der Chiffren in Kurzgeschichten ist möglich. Die Chiffren schließen sich aber auch aus modernem Skeptizismus des Autors gegen vorschnelle und kurzschlüssige Interpretationen zur Deutung der Realität ab. Da sie für die Autoren einen Stimmungswert haben, der nicht festgelegt ist, fordern sie dem Leser beim emotionalen Nachvollziehen hohe Konzentration ab. Diese ist auch auf der rationalen Ebene erforderlich, weil die Chiffre ihre Bedeutung aus dem Kontext der Kurzgeschichte empfängt, dessen Sinn sie ihrerseits wesentlich beeinflusst.
In dieser Sammlung von Kurzgeschichten ist z. B. das Rückwärtsgehen in „Das Experiment“ von Seuren eine Chiffre, die zu rationaler Deutung herausfordert, letztlich aber doch rätselhaft bleibt.

erlebte Rede: Sie verwendet die 3. Person des Indikativ Präteritum und liegt zwischen der wörtlichen Rede und dem → *inneren Monolog* (Ichform), z. B. ein Richter weiß nicht, wie er sich entscheiden soll: „Welcher Auslegung sollte er den Vorzug geben? Konnte er sich überhaupt ohne Verletzung des Rechts entscheiden?“ Das Beispiel zeigt, dass der Erzähler in eine Person schlüpft, um ihre Gedanken und Gefühle wiederzugeben. Er bleibt aber als Erzähler noch erkennbar.

Erzählung: Wird oft als Oberbegriff für eine kürzere epische Kunstform verwendet, wie z. B. Sage, Märchen, Legende, Schwank, Anekdote. Die Grenzen zwischen Erzählung und Kurzgeschichte sind fließend. Dennoch lassen sich einige Unterschiede feststellen: Die Erzählung bezieht sich enger auf tatsächliche Erlebnisse und Erfahrungen oder erweckt den Anschein, dies zu tun. Dadurch wird der fiktionale Charakter weniger betont als bei der Kurzgeschichte. Anders als die Kurzgeschichte hat die Erzählung meistens einen linearen Handlungsverlauf mit Anfang und geschlossenem

Ende. Die Handlung wirkt weniger hintergründig, die Komposition enthält nicht so viele offene Stellen (Sprachgitter), die der Leser selbst füllen muss. Eine Mischform zwischen Erzählung und Kurzgeschichte ist „Das Obdach“ von Anna Seghers. Die Erzählerin beruft sich auf eine konkrete Erfahrung aus dem Jahre 1941 in Paris, beginnt erzählend, aber endet mit dem offenen Schluss einer Kurzgeschichte.

Erzählperspektive: Der Begriff deckt nicht alle Formen des Erzählens ab. Deshalb werden auch die Termini „Erzählhaltung“ und „Erzählsituation“ verwendet. Die vier wesentlichen Erzählperspektiven sind die → *neutrale*, → *die personale*, → *die auktoriale* und die → *Icherzählung*.

Icherzählung: Der Erzähler tritt neben anderen Personen selber in Erscheinung und teilt Erlebnisse, Beobachtungen oder Wissen mit, das er von den anderen Figuren des Geschehens erfahren hat. Die Darstellung ist entweder autobiografisch – der Autor ist der Erzähler – oder fiktional – zwischen dem Autor und dem Erzähler wird klar unterschieden. Das Erzählte wirkt gegenüber der neutralen und auktorialen Perspektive zugleich eingeschränkter und subjektiver, weil der Erzähler mit einer Person identisch wird und aus ihrer Sicht berichtet. Anders als bei der auktorialen Form kann der Icherzähler innere Vorgänge anderer Personen nur insoweit mitteilen, als diese äußerlich sichtbar werden.

Innensicht: Der Erzähler kennt Gedanken und Gefühle der handelnden Personen und gibt diese wieder, um Einblick in deren Bewusstsein zu ermöglichen, Identifikation oder Antipathie des Lesers zu erzeugen. Diese Erzählperspektive wird bei der → *auktorialen Erzählhaltung*, dem → *inneren Monolog* und der → *erlebten Rede* verwendet.

innerer Monolog: Es handelt sich um einen Monolog in der Ichform, der von den Tempora her nicht festgelegt ist. Der Erzähler versucht das Bewusstsein einer Person zu verdeutlichen, schlüpft in diese hinein und ist für die Dauer des inneren Monologs nicht präsent. Er erreicht dadurch eine → *Innensicht*. Diese Erzählform findet sich häufig im Kontext der → *personalen Erzählhaltung*, damit der Leser das Erzählte „mit den Augen einer Romanfigur“ sehen kann.

Motiv: (von lat. movere = in Bewegung bringen) Da Kurzgeschichten häufig einen entscheidenden Ausschnitt aus einer Entwicklung darstellen, sind die Motive meistens Verhaltensweisen in bedeutenden Situationen, die den Schaffensprozess des Autors auslösen. Solche Situationen können z. B. sein: Brutalität und Ohnmacht des Einzelnen („Die Killer“ von Hemingway), eine unausweichliche Entscheidung („Die Versuchung des Richters“ von Flake), Widerstand gegen die Routine des Alltags („Das Experiment“ von Seuren), das Beharren auf einem Vorurteil („Das Judenauto“ von Fühmann). Es ist nicht leicht, das Motiv vom Thema abzugrenzen. Es gibt Kurzgeschichten, bei denen sich Thema und Motiv nahezu decken, z. B. „Die Rückkehr“ von Schnurre. Bei den meisten der in diesem Heft abgedruckten Kurzgeschichten lassen sich die Begriffe aber unterscheiden: Das Thema stellt in der Regel den äußeren Anlass der Erzählung, den vordergründigen Erzählgegenstand oder Ort und Zeit der Handlung dar, das Motiv hingegen die Absicht des Erzählers, die sich der Leser gedanklich erschließen muss. So geht es z. B. in der Kurzgeschichte „Das Obdach“ von Anna Seghers vordergründig darum, dass ein heimatloser Junge ein Obdach erhält; das Motiv ist, die Gründe darzulegen, die zu einer Wandlung der Hauptfigur, des Herrn Meunier, von Ablehnung und Indifferenz dem Jungen gegenüber zur Anerkennung von dessen Verhalten führen. Dieses Beispiel zeigt, dass das Motiv einer Kurzgeschichte so komplex sein kann, dass es sich nicht immer zu einem Begriff zusammenziehen lässt.

neutrale Erzählhaltung: Der Erzähler bleibt im Hintergrund, er vermeidet Einmischungen oder Wertungen. Er schlüpft auch nicht in eine Person, aus deren Blickwinkel er berichtet. Durch die Konzentration auf äußere Vorgänge werden Gedanken und Empfindungen von Personen auch nur dargestellt, soweit sie äußerlich erkennbar sind. Durch die Ererzählung mit häufig verwendeter wörtlicher Rede entsteht der Eindruck objektiver Wiedergabe. Das schließt jedoch nicht aus, dass der Leser den Eindruck haben kann, das Geschehen mitzuerleben.

personale Erzählhaltung: Es handelt sich um eine Ererzählung. Sie erscheint jedoch subjektiver als die neutrale Erzählhaltung; denn der Bericht des Erzählers konzentriert sich auf eine Person, aus deren Sicht das Geschehen erzählt wird.

Shortstory (engl. = kurze Geschichte) ist eine anglo-amerikanische Kurzform der Epik, die formal nicht streng festgelegt ist. Sie entstand in der ersten Hälfte des 19. Jahrhunderts in den USA aus den Bedürfnissen des sich ausbreitenden Zeitungs- und Zeitschriftenwesens. Die Autoren hatten den eiligen Leser des Industriezeitalters vor Augen. Der Umfang der Shortstory wurde von dem Journalisten Fechter auf eine Formel gebracht: „Geschichte – einen Haarschnitt lang." Folglich musste sich der Autor auf eine entscheidende Situation, ein Ereignis, einen Augenblick konzentrieren und packend schreiben. Dem entsprechen ein geradliniger Handlungsverlauf, oft Beschränkung auf eine Hauptfigur, ein der Realität des Lebens entnommener Inhalt, eine flüssige, auf Effekte abzielende Sprache. Die geschlossene Komposition der Novelle musste aufgegeben, auf eine Entfaltung in Zeit und Raum verzichtet werden. Insbesondere Edgar A. Poe und später O'Henry, London, Hemingway, Steinbeck und Faulkner entwickelten die Shortstory zur Kunstform, bei der die Situation oder das Ereignis „zur Essenz des Lebens" (Gero von Wilpert) werden musste.

Symbol: Ein Symbol ist ein Zeichen, ein Sinnbild, das über sich selbst hinaus auf etwas Allgemeineres, Umfassenderes, Höheres verweist. Traditionelle Symbole sind das Kreuz als Zeichen für das Leiden Jesu Christi, der Ring als Zeichen der Treue, die Taube als Sinnbild des Friedens, das Wasser als Symbol des Lebens.
Das Wort Symbol geht auf das griechische Verb symballein = zusammenwerfen, vergleichen, schließen, erraten zurück. Kulturhistorisch handelte es sich damals um die zwei Hälften eines vor der Trennung bewusst zerbrochenen Gegenstandes, die man später als Erkennungszeichen zusammenfügen konnte.
Zur Zeit der Klassik gewann die Symbolik durch Goethe besondere Bedeutung: „Die Symbolik verwandelt die Erscheinung in Idee, die Idee in ein Bild, und so, dass die Idee im Bild immer unendlich wirksam und unerreichbar bleibt und, selbst in allen Sprachen ausgesprochen, doch unaussprechlich bliebe."(„Maximen und Reflexionen")
Symbolische Bedeutung in Kurzgeschichten können Gegenstände annehmen; z. B. der ausgeschlagene Zahn in „Ein Freund der Regierung" von Lenz symbolisiert Widerstand gegen ein diktatorisches System. Ferner wirken Orte symbolisch, z. B. eine unfallträchtige Autobahnkreuzung verweist auf die Sensationslust der Menschen des Industriezeitalters in „Blekboint" von Max Maetz, der Ort San Salvador erscheint als Symbol für ein exotisches Land der Träume in „San Salvador" von Peter Bichsel. Auch Menschen können in Kurzgeschichten etwas symbolisieren, z. B. steht Christine in der gleichnamigen Kurzgeschichte von Marie Luise Kaschnitz für Schönheit und Anmut.
In Kurzgeschichten sind die Symbole nicht immer in dem Sinne konkreten Dingen, Räumen und Menschen zuzuweisen, dass ihre symbolische Bedeutung vor der Verwendung in der Kurzgeschichte durch Konvention festgelegt war. Vielmehr empfangen diese im Kontext der Kurzgeschichte erst ihre zeichenhafte Bedeutung wie die Tafelanschrift „Wanderer, kommst du nach Spa..." in der Kurzgeschichte von Heinrich Böll.

QUELLENVERZEICHNIS DER KURZGESCHICHTEN

Aichinger, Ilse: Spiegelgeschichte. Aus: Ilse Aichinger: Wo ich wohne. S. Fischer Verlag, Frankfurt am Main 1963, S. 9–18

Bichsel, Peter: San Salvador. Aus: Peter Bichsel: Eigentlich möchte Frau Blum den Milchmann kennen lernen. Walter-Verlag, Olten und Freiburg im Breisgau 1964, S. 43–45

Böll, Heinrich: Wanderer, kommst du nach Spa... Aus: Heinrich Böll: Wanderer, kommst du nach Spa... Verlag Friedrich Middelhauve, Opladen 1950, S. 47–59

Brecht, Bertolt: Die unwürdige Greisin. Aus: Bertolt Brecht: Gesammelte Werke II. Prosa I. Werkausgabe. Edition Suhrkamp. Suhrkamp Verlag, Frankfurt am Main 1967, S. 315–320

Flake, Otto: Die Versuchung des Richters. Aus: Otto Flake: Finnische Nächte. Die Erzählungen. Sigbert Mohn Verlag, Gütersloh 1966, S. 467–469

Fühmann, Franz: Das Judenauto. Aus: Franz Fühmann: Das Judenauto. Vierzehn Tage aus zwei Jahrzehnten. Hinstorff Verlag, Rostock 1962, S. 7–18

Hebbel, Friedrich: Die Kuh. Aus: Hebbels Werke, Bd. 4, herausgegeben von Gerhard Fricke. Leipzig o.J.

Hemingway, Ernest: Die Killer. Aus: Ernest Hemingway: Sämtliche Erzählungen. Deutsch von Annemarie Horschitz-Horst. Rowohlt Verlag, Reinbek bei Hamburg 1966, S. 229–238

Lenz, Siegfried: Ein Freund der Regierung. Aus: Siegfried Lenz: Das Feuerschiff. Erzählungen. Hoffmann und Campe Verlag, Hamburg 1960, S. 155–163

Maetz, Max: Blekboint. Aus: Max Maetz: Bauernroman. Weilling Land und Leute, Bd. 1, herausgegeben von Karl Wiesinger. Verlag Eremiten-Presse, Düsseldorf 1972, S. 28–34

Schnurre, Wolfdietrich: Jenö war mein Freund. Aus: Wolfdietrich Schnurre: Als Vaters Bart noch rot war. Peter Schifferli, Verlags-AG „Die Arche", Zürich 1958, S. 208–212

Schnurre, Wolfdietrich: Die Rückkehr. Aus: Wolfdietrich Schnurre: Man sollte dagegen sein. Geschichten. Verlag Otto Walter, Olten und Freiburg im Breisgau 1960, S. 57–72

Seghers, Anna: Das Obdach. Aus: Anna Seghers: Erzählungen, Bd. 1. Hermann Luchterhand Verlag, Neuwied und Berlin 1964, S. 199–206

Seuren, Günter: Das Experiment. In: Frankfurter Allgemeine Zeitung Nr. 31/1965

QUELLENVERZEICHNIS DER SEKUNDÄRTEXTE

Baurmann, Jürgen: Kurzgeschichte. In: Praxis Deutsch, Heft 1/1986, S. 17

Brinkmann, Karl: [Brechts „Unwürdige Greisin"]. Aus: Karl Brinkmann: Erläuterungen zu Bertolt Brechts Kalendergeschichten. Königs Erläuterungen, Bd. 80. Bange Verlag, Hollfeld/Obfr. o.J. (gekürzt)

Doderer, Klaus: Die Typen der Kurzgeschichte. Aus: Klaus Doderer: Die Kurzgeschichte in Deutschland. Ihre Form und Entwicklung. Wissenschaftliche Buchgesellschaft, Darmstadt [6]1980, S. 43–44 (gekürzt)

Eisenbeiß, Ulrich: Kurzgeschichte. Aus: Ernst Nündel (Hrsg.): Lexikon zum Deutschunterricht. Verlag Urban & Schwarzenberg, München – Wien – Baltimore [2]1981, S. 207–210 (gekürzt)

Hitler, Adolf: [Der Jude]. Aus: Adolf Hitler: Mein Kampf. Verlag Frz. Eher Nachf., München 1935, S. 357

Kliewer, Heinz-Jürgen: Brechts „Unwürdige Greisin" – Lehrstück oder Propaganda? In: Der Deutschunterricht Jg. 25, Heft 1/1972, S. 122–126 (gekürzt)

Kusenberg, Kurt: Über die Kurzgeschichte. Aus: Wolfgang Salzmann (Hrsg.): Siebzehn Kurzgeschichten. Ernst Klett Verlag, Stuttgart 1982, S. 101–102 (gekürzt)

Schnurre, Wolfdietrich: [Erzählperspektive und Sprache]. Aus: Wolfdietrich Schnurre: Kritik und Waffe. Zur Problematik der Kurzgeschichte. In: Deutsche Rundschau Heft 1/1981, S. 64 (gekürzt)

Spinner, Kaspar H.: [Anfang und Schluss von Kurzgeschichten]. Aus: Kaspar H. Spinner: Moderne Kurzprosa in der Sekundarstufe I. Schroedel Verlag, Hannover 1984, S. 11–12

Spinner, Kaspar H.: [Erzählperspektive]. Aus: Kaspar H. Spinner: Moderne Kurzprosa in der Sekundarstufe I, s.o., S. 13–14

Thiemermann, Franz-Josef: [Der Held in der Kurzgeschichte]. Aus: Franz-Josef Thiemermann: Kurzgeschichten im Deutschunterricht. Kamps Pädagogische Taschenbücher, Bd. 13. Kamp Verlag, Bochum [13]1980, S. 11 und S. 14 (gekürzt)

Vogt, Hannah: Verfolger und Verfolgte im Bann des Vorurteils. Aus: Hannah Vogt: Verachtet, gehetzt, verstoßen. Die Verfolgung des Menschen aus rassischen, politischen und religiösen Gründen. Signal Verlag Hans Frevert, Baden-Baden 1968

von Westphalen, Ludger Graf: Zur Sozialgeschichte des Judentums. Aus: Ludger Graf von Westphalen: Geschichte des Antisemitismus in Deutschland im 19. und 20. Jahrhundert. Ernst Klett Verlag, Stuttgart o.J., S. 3–5 (gekürzt)

Aus dem Vorspann zum Film „Der ewige Jude" (1940). Zitiert bei Manfred Dammeyer: Nationalsozialistische Filme im historisch-politischen Unterricht. In: Aus Politik und Zeitgeschichte B 16/1977, S. 17

Aus dem antisemitischen Kinderbuch „Der Giftpilz". Aus: Chr. Zentner (Hrsg.): Das III. Reich. Ein Volk, ein Reich, ein Führer. Eine historische Collage über den erregendsten Abschnitt deutscher Geschichte – in Wort, Bild und Ton, Bd. 1, 1933–1939. John Jahr Verlag, Hamburg 1975, S. 208 f.

E.T.A. Hoffmann
Das Fräulein von Scuderi
Bearbeitet von Ekkehart Mittelberg
und Dieter Seiffert
Schülerband 121240 *Kommentar* 121267

Henrik Ibsen
Nora oder Ein Puppenheim
Bearbeitet von Joachim Hintze
und Wolfgang Kreß
Schülerband 121100 *Kommentar* 121119

Franz Kafka
Erzählungen und andere Prosa
Bearbeitet von Herbert Fuchs
und Dieter Seiffert
Schülerband 601030 *Kommentar* 601021

Franz Kafka
Die Verwandlung
Bearbeitet von Herbert Fuchs
und Dieter Seiffert
Schülerband 121160 *Kommentar* 121178

Georg Kaiser
Gas I
Bearbeitet von Wolfgang Kreß
Schülerband 521408 *Kommentar* 521459

Gottfried Keller
Kleider machen Leute
Bearbeitet von Herbert Fuchs
und Dieter Seiffert
Schülerband 520304 *Kommentar* 520401

Gottfried Keller
Romeo und Julia auf dem Dorfe
Bearbeitet von Franz Hebel
Schülerband 121348 *Kommentar* 121356

Heinrich von Kleist
Das Erdbeben in Chili
Die Verlobung in St. Domingo
Bearbeitet von Donald Lüttgens
Schülerband 121208 *Kommentar* 121216

Heinrich von Kleist
Michael Kohlhaas
Bearbeitet von Herbert Fuchs
und Dieter Seiffert
Schülerband 521203 *Kommentar* 521254

Heinrich von Kleist
Der zerbrochne Krug
Bearbeitet von Ingrid Haaser
Schülerband 601471 *Kommentar* 601480

Siegfried Lenz
Das Feuerschiff
Bearbeitet von Dieter Seiffert
Schülerband 121445 *Kommentar* 121453

Gotthold Ephraim Lessing
Emilia Galotti
Bearbeitet von Herbert Fuchs,
Ekkehart Mittelberg und Dieter Seiffert
Schülerband 609650 *Kommentar* 609669

Gotthold Ephraim Lessing
Minna von Barnhelm
Bearbeitet von Otto Bantel
Schülerband 521009 *Kommentar* 521050

Gotthold Ephraim Lessing
Nathan der Weise
Bearbeitet von Ingrid Haaser
Schülerband 121364 *Kommentar* 121372

Friedrich Schiller
Kabale und Liebe
Bearbeitet von Erdmute
Pickerodt-Uthleb
Schülerband 521300 *Kommentar* 521351

Friedrich Schiller
Die Räuber
Bearbeitet von Ekkehart Mittelberg
und Dieter Seiffert
Schülerband 121380 *Kommentar* 121399

Friedrich Schiller
Don Karlos
Bearbeitet von E. Pickerodt-Uthleb und
G. Pickerodt
Schülerband 605760 *Kommentar* 605922

Friedrich Schiller
Wilhelm Tell
Bearbeitet von Herbert Fuchs
und Dieter Seiffert
Schülerband 522102 *Kommentar* 522153

Sophokles
Antigone
Bearbeitet von Herbert Fuchs
und Dieter Seiffert
Schülerband 601390 *Kommentar* 601404

Theodor Storm
Pole Poppenspäler
Bearbeitet von Georg Völker
Schülerband 121259 *Kommentar* 121275

Theodor Storm
Der Schimmelreiter
Bearbeitet von Herbert Fuchs
und Ekkehart Mittelberg
Schülerband 520100 *Kommentar* 520207

Erwin Strittmatter
Pony Pedro
Bearbeitet von Hanna Behrend
Schülerband 601498 *Kommentar* 601501

Frank Wedekind
Frühlings Erwachen
Bearbeitet von Dieter Seiffert
und Georg Völker
Schülerband 522016 *Kommentar* 522024

Hauptsache ICH
Erzählprosa nach 1990
Bearbeitet von Helmut Flad
Schülerband 601455 *Kommentar* 601463

Klassische und moderne Frauenliteratur
Bearbeitet von Hanna Behrend
Schülerband 601072 *Kommentar* 601064

Klassische und moderne
Horrorgeschichten
Bearbeitet von Henner Kotte
und Karl-Ewald Tietz
Schülerband 601510 *Kommentar* 601528

Klassische und moderne
Kriminalgeschichten
Bearbeitet von Theo Herold
Schülerband 522300 *Kommentar* 522318

Klassische und moderne
Kurzgeschichten
Bearbeitet von Herbert Fuchs
und Ekkehart Mittelberg
Schülerband 521807 *Kommentar* 521858

Klassische und moderne Kurzprosa
Bearbeitet von Herbert Fuchs
und Ekkehart Mittelberg
Schülerband 522326 *Kommentar* 522334

Kommt uns nicht mit Fertigem
Politische Lyrikaus zwei Jahrhunderten
Bearbeitet von Ekkehart Mittelberg
Schülerband 601579 *Kommentar* 601587

Leben in der Minderheit
Jüdische Zeugnisse
in deutscher Literatur
Bearbeitet von Franz Hebel
Schülerband 601005 *Kommentar* 601013

Romantik
Bearbeitet von Reinhard
und Ursula Schreyer
Schülerband 121283 *Kommentar* 121291

Sehnsucht und Bitternis
Kurzprosa aus der DDR
Bearbeitet von Karl-Ewald Tietz
und Gunnar Müller-Waldeck
Schülerband 520706 *Kommentar* 520714

Sturm und Drang
Bearbeitet von Donald Lüttgens
Schülerband 121127 *Kommentar* 121135

Vom Umgang mit dem Schrecken
Literarische Texte und Materialien
zum Terrorismus
Bearbeitet von Herbert Fuchs, Ekkehart
Mittelberg, Klaus Peter
Schülerband 601412 *Kommentar* 601420